汉语拼音学台语

梁庭嘉・著

【附CD】
第一次学台语就上口
最佳观光台语小抄

目次

写在前面

汉语拼音学台语　第一次就上口

开门见山的说，大陆朋友学台语，并不适用台湾的《注音符号》、《通用拼音》、《台湾闽南语音标TLPA》、《台湾闽南语罗马字拼音》，或是国际上通用的《罗马拼音》与英语《国际音标》……这些拼音方法的符号是汉字笔划式的，必须从头学起，有的为了表达台语八个声调（阴的平、上、去、入；阳的平、上、去、入），导致拼音组合很别扭，很难发音，令初学者与自学者望而却步。至于内地的《闽南方言音方案》，基本上虽然是汉语拼音拟定的，但它学习的是福建省闽南语，并非台语。

众所周知，福建与台湾虽然在种族与文化上有深厚的渊源，但也经历了长达百年的历史隔阂，先是日本殖民五十年，后是新中国建立，如今台语已经不是传统的闽南语了，在很多惯用语与发音上都产生歧异，台语甚至有所谓的“外来语”，这些在日常会话中逐渐取代传统台语的外来语有些来自日语，譬如司机wèn jiang、中年妇女ou bā sàng；有些直接以国语表达，不需要说台语，譬如捷运、瑜珈、菲佣、上海；有些英语经过日语衍变成台语，譬如窗帘ká diàn（英语curtain）、出租车ta kū xi（英语taxi）、奶油và da（英语butter）……为什么会这样呢？答案得从历史上找。

1896至1945年之间，台语遭遇的外来语是日语；1949年之后，外来语变成国语；1970年代开始，又添加了英语。1970年代的台湾社会中坚都是日据时代成长的中年人，这些人为了做国际贸易，必须从头学英语，但又深深受到学生时代日语基础的影响，简单的说，他们是从日语学英语的，并在无形中将日本外来语影响了正在学习的下一代，这些下一代在成长中不断惊觉某些台语的发音与日语或英语很类似，接触英语与日语后才将一切谜底打开，原来那些日本腔台语本来就是来自英语的日本外来语。虽然，这些台语外来语在福建闽南语是找不到的，因此若想以《闽南方言拼音方案》学习台语，恐怕学的不是台语，更不是现代台语。

最正确有效的方法就是以大陆内地的《汉语拼音》直接向台湾人学台语，先求对，再求好，也就是先求声音正确，有机会与台湾人会话时再修正自己的腔调。笔者以土生土长台湾人的母语能力，融合在大陆求学时学习的《汉语拼音》，细心分辨台语语音，将汉语拼音与台语拼音做成对照表，初学者只要以汉语拼音的发音方法就可以轻易发出台语语音，譬如看医生，汉语拼音为kuà yī xīng，也就是普通话“跨一星”的汉语拼音；假如台语语音在普通话中找不到，就以汉语拼音的规则来标注，譬如：住duà；册gie；酸sēng；现场hian diú；张diōng……这份海峡两岸首创的《台语汉语拼音表》是作者归纳台语与普通话两者的异同，在同一种拼音系统下汇总出来的结晶，除了少部份例外，大部份台语甚或外来语都可依循此表找到发音，希望能帮助大家第一次学台语就上口！

其实台语一点都不难，千万别因为语言学家的《台语八声调论》而犹豫，身为台湾人的我，从来不知道台语有八个声调呢！台湾人都很亲切，就算你带着一口大陆腔，我们也能了解，并且微笑以对的。沟通贵在意会，交友贵在交心，不是吗？

七大特色

A.台语汉语拼音表

首创以汉语拼音帮助大陆朋友学习正统的现代台语，省力省时有效率，譬如“看医生”，汉语拼音为kuà yī xīng，也就是“跨一星”的汉语拼音。假如台语语音在普通话中找不到，就以汉语拼音的规则来标注，譬如：住duà；册gie；酸sēng；现场hian diú；张diōng……当台语与普通话一样时，单字表中就不一一列出，譬如欢迎huān yíng、拜拜bài bai、探亲tàn qīng……

B.从普通话学台语

台语是没有文字的，仅有的出现场合是在台语歌词上，那是因为词曲创作人为了力求押韵书写的，当然你会发现，有些台语是无法翻译出来的，所以依然书写成普通话，或是一些新造的怪字。

为了广大普通话读者着想，本书力主从普通话学台语，所以说这是一套简单的普台语言教程，读者可以轻易的从普通话找到对应的台语，而不必花心思从奇怪的台语文字去捉摸它是什么意思。

C.70个情境模拟

以实际的短句演译出70个实况，省去身份与称谓，在模拟对话的氛围下将内容突出。学习者大可化整为零，将个别句应用在自己的环境中。

D.每句不超过10字

力求生活化，每个情境仅十句话，每句不超过10个字，简单易学，好记好用，台语脱口而出不是梦。

E.140个句型

在70个情境中抓出140个句型，每个句型举两个例句，共280个例句帮助学员举一反三，加强台语语感。

F.2300多个单词短语

本书罗列2300个以上的台语单字短语，除了应用於70个情境中，学员可翻开附录页扩充学习。部份单字后面加注的是台语字义，以助大家了解记忆。

G.正港台腔示范MP3

随书附赠70个MP3音讯文件，让学员正确掌握正港台语腔调，学得一口道地台语。

台语汉语拼音表

汉语拼音	台语发音
a	a；ai；i；ei；e；uai；uan；ia；ua
ai	ai；i；wi；ei；a；in；ua；ui；ou
ao	iao；o；ou；uan；iu；ang；ai；ei
an	a；an；ang；en；uan；ua；n；ni；un；ng；ian；ing；in
ang	ang；ong；on；eng；iu；iong ou；iao
au	ao；a；io；o；ou
b	b；be；m；p
c	c；ca；z；j
ch	c；ci；ca；t；d；q；s；z；j；x
ci	zu
d	p；d；k；g；n；不发音
e	e；a；o；u；ue；ua；ak；i；ei；ia ou；iu
ei	a；i；re；ei；ui；ue；ou
en	n；in；un；an；ang；ing；iang；eng
eng	e；in；an；ng；ing；ang；ong；ein iang；i
er	li；hi
f	h；b；v

汉语拼音	台语发音
g	g；k；d；j
h	w；h；g；p；v；不发音
i	y；yi；e；i；hi；ai；u；ei；iu；ia；ua；uai；a
ia	a；e；ei；ang
ian	i；an；en；in；ua；ia；iang；eng；ai；ing；uan
iang	ong；iu；ang；iong；ing；iang
iao	ao；io；a；iu
ie	i；ia；e；iu；a；ai
in	in；an；i
ing	iu；ing；iang；an；en；ang；ei；iong；e；ia；eng；ie
io	iu
iong	ing
iu	u；ao
j	g；gu；z；k；y；l；d；；不发音
k	g；k；h；不发音
l	l；n；h；r
m	b；m；v
n	l；h；n；w；v
o	i；a；ua；ai
ong	ong；ing；ang；iong；iang；ou；ian
ou	a；ao；ju；e；o；u；iu
p	p；b；v
q	q；c；k；z；j；g；z
r	l；b；z；j；v
s	s；x；q

汉语拼音	台语发音
sh	s；sai；si；su；z；za；ci；q；j；x；c
t	d；t；tu
u	ue；u；ou；i；io；wi；we；a；ue；vu；ua；iu；o；ong；ao
ua	uo；ui
uai	ei；ui；uo；a；ou
uan	ing；ei；un；en；an
uang	ong；en；iang；eng
ue	e；ia；a；ai；ei；ua
ui	i；ri；ei；y；yi；e；hi；ai
uo	o；ua；ui；uai；a；e；ou；u；i
un	en；eng；in
v	u
w	g；v；o；不发音
x	x；k；l；s；h；c；g；p；g；y；不发音
y	y；zi；w；h；l；j；v；不发音
yi	y；yi；e；i；hi；ai
yu	ho；hi；i；ak；u；a；yo；wu；ou
z	z；d；li；c；j；l；zu；t；s；不发音
zh	z；zi；di；ja；j；d；s；c；x

1 机场[1]

你[2] 第一遍[3] 来 台湾[4]？
lī dei yī bài lāi dāi wán

我[5] 去年[6] 来 过[7]。
wā gu ní lái gui

再[8] 来 玩[9]？
gōu lāi qi tóu

来 探 亲，
lāi tàn qīng

我 的 妹妹[10] 嫁[11] 来 台湾
wā ēi xiū vēi gèi lāi dāi wán

我 来 看[12] 她[13]。
wā lāi kua yi

你 要[14] 待[15] 多久？
lī vēi duà lua gù

一 个 月[16]。
ji gōu è

欢迎 你 来 台湾！
huān yíng lī lái dāi wán

谢谢[17]！
dōu xiā

---

[1] 机场 gī diú
[2] 你 lī
[3] 第一遍；第一次 dei yī bài
[4] 台湾 dāi wán
[5] 我 wā
[6] 去年 gu ní
[7] 来过 lái gui
[8] 再；又；还 gōu（a gou）
[9] 玩；游玩；戏耍 qi tóu
[10] 妹妹 xiū vēi（细妹）
[11] 嫁 gèi
[12] 看 kua
[13] 她；他；它 yī（伊）

[14] 要 vēi
[15] 待；住 duà
[16] 一个月 ji gōu è
[17] 谢谢 dōu xiā（多谢）

★第一遍

我　第一遍　吃　蚵仔煎[18]。
wā　dei yī bài　jia　ē ā jiān

他　第一次　出国[19]。
yī　dei yī bài　cū gou

★再

看　完　再　来　借[20]　书。
kùa　wán　gōu　lái　jiù　sū

请　再　说　一　遍。
qiā　gōu　gòng　ji　bài

[18] 蚵仔煎 ē ā jiān
[19] 出国 cū gou
[20] 借 jiù

2 酒店[1]

你 的[2] 房间[3] 在[4] 几层[5]?
lī ēi bāng gīng di guī láo

十八[6] 层。
za bèi láo

你 在 我 的 楼上[7]。
lī di wā ēi lāo dìng

要 换[8] 房间 吗?
vēi wa bāng gīng vou

不用[9] 了!
miàn a

要不要[10] 去[11]外面[12] 逛逛[13] 吗?
vēi kī wa kào xei xèi vou

有一个[14] 人[15] 台北[16] 很 熟悉[17],
wu ji lēi láng dai ba zōu xi

他 会 带路[18]。
yī ēi cua lōu

好啊!
hòu ā

我 和[19] 你们[20] 去
wā gā līn kì

---

[1] 酒店 ben diang（饭店）
[2] 的 ei
[3] 房间 bāng gīng
[4] 在 di
[5] 几层 guī láo（几楼）
[6] 十八 za bèi
[7] 楼上 lāo dìng（楼顶）
[8] 换 wā
[9] 不用 miàn（免）
[10] 要不要；要……吗？vēi……vou（要……否？）
[11] 去 kī / kì
[12] 外面 wa kào
[13] 逛逛 xei xèi
[14] 个 lēi
[15] 一个人 ji lēi láng（一个郎）
[16] 台北 dai ba
[17] 熟悉 xi（熟）
[18] 带路 cua lōu
[19] 和 gā
[20] 你们 līn

★要

我 要 出门[21] 了！
wā vēi cū vén ā

明天 要 去 取钱[22]。
miā zai vēi kī nīa jí

★会

老师[23] 会 教[24] 我。
lao sū ei ga wa

妈妈 会 做[25] 衣服[26]。
ma mā ei zòu sā ā

---

[21] 出门 cū vén
[22] 取钱 niā jí（领钱）
[23] 老师 lao sū
[24] 教 ga
[25] 做 zòu
[26] 衣服 sā ā（衫仔）

3 夜市

夜市[1] 很[2] 多[3] 人，
ya qī à zōu jē láng

每天[4] 都[5] 这么[6] 拥挤[7] 吗[8]？
gān muīgāng lōng jiā nī kei

差 不 多[9]。
cā bū dōu

我 要 去 吃[10] 蚵仔面线[11]，
wā vēi qī jia ē ā mi sua

还 要[12] 去 买[13] 东西[14]，
ā gōu vēi qī vēi mi giāng

你 要 买 什么[15]？
lī vēi vēi xiā mì

衣服、
sā à

鞋子[16]、
ēi à

手提包[17]，
kā vàng

看 什么 买 什么。
kuà xiā mì vēi xiā mì

---

1 夜市 ya ī ā（夜市仔）
2 很；非常；真的；好 zōu；wu gào（有够）
3 多 jē
4 每天 miū gāng
5 都 lōng（拢）
6 这么 jiā ni； ān nēi
7 拥挤 kei（挤）
8 吗 gān（咁）
9 差不多 cā bū dōu
10 吃 jia / jiā
11 蚵仔面线 ē ā mi sua
12 还要 ā gōu vēi
13 买 vēi
14 东西 mi giāng
15 什么 xiā mì（啥么）
16 鞋子 ēi à（鞋仔）
17 手提包 kā vàng（外来语）

★……吗？

① gān或gān vóu / gān vēi / gān m

如：gān wū（有吗？）；gān vóu（没有吗？）；
gān ai（要吗？）；gān vōu ai（不要吗？）
gān ē（会吗？）；gān vēi（不会吗？）；
gān xī（是吗？）；gān m xī（不是吗？）；
gān hòu（好吗？）；gān m hòu（不好吗？）

这 件[18] 裙子[19] 会 俗气[20] 吗？
jī niā gún gān ēi sóng

你 没 看到 她的 邻居[21] 吗？
lī gān vōu kuà diu yī ēi cù bī

你 有 看到 她的 车[22] 吗？
lī gān wu kuà diu yī ēi qiā

② 句尾加vou（vēi）

你 吃 了 吗？
jī jiā ā vēi

你 看到 她 偷东西[23] 吗？
lī kuà diu yī tāo tèi vou

★……什么……什么

有 什么， 吃 什么。
wu xiā mì , jia xiā mì

问[24] 什么， 答[25] 什么。
vēn xiā mì , dā xiā mì

[18] 件 nià
[19] 裙子 gún（裙）
[20] 俗气 sóng
[21] 邻居 cù bī（厝边）
[22] 车 qiā
[23] 偷东西 tāo tèi（偷拿）
[24] 问 vēn
[25] 答 dā

百货公司

这[1]家[2] 百货公司[3] 上海 也[4]有[5]，
ji gīng bà huì gōng xī ---- ma wū

它是 台北 生意[6] 最[7] 好[8] 的，
yī xi daiba xīng lì xiong hòu ēi

打折[9] 的 时候[10] 都是 人，
pà je ēi xī zūn lōng xi láng

买 名牌 要[11] 排队[12]，
vēi mīng bái ài bāi duī

新闻[13] 都 有 报导[14]。
xīn vún lōng wu bou

为什么[15] 喜欢[16] 来 这儿[17] 买？
wi xiā mì ài lai jiā vèi

因为 东西 漂亮[18]，
yīn wi mī giāng suì

地点[19] 和 服务[20] 都[21] 好，
dei diàng gā hou vū lōng hòu

又 不 怎么[22] 贵[23]。
gōu vei ān zuā gui

---

1 这 ji
2 家 gīng（间）
3 百货公司 bà huì gōng xī
4 也 ma
5 有 wū
6 生意 xīng lì
7 最 xiong（尚）
8 好 hòu
9 打折 pà jie（拍折）
10 时候 xī zūn（时阵）
11 要 ài；vēi /vèi
12 排队 bāi duī
13 新闻 xīn vén
14 报导 bou（报）

---

15 为什么 wi xiā mì
16 喜欢 ài（爱）/ ai
17 这儿 jiā
18 漂亮；美 suì
19 地点 dei diàng
20 服务 hou vū
21 都 lōng（拢）
22 不怎么 vei ān zuā
23 贵 gui

★为什么

为什么　　哭[24]？
wi xiā mì　kao

为什么　　这么　做？
wi xiā mì　ān nēi　zou

★不怎么

不怎么　　　困难[25]。
vei ān zuā　　kùn lán

不怎么　　　便宜[26]。
vei ān zuā　　xiù

---

[24] 哭 kao
[25] 困难 kùn lán
[26] 便宜 xiù（俗）

5 晕车

你 怎么 了？
lī ān zuà ā

我 头[1] 晕[2]，
wā tāo hín

想 要[3] 吐[4]。
xiu vēi tou

你 晕 车[5] 了！
lī hīn qiā ā

阿里山 的 路[6] 就[7] 是 这样[8]，
----- ēi lōu diu xi ān nēi

弯弯 曲曲[9]。
wān wān kiāo kiāo

你 先[10] 休息[11] 好 了，
lī xīn hiù kun hòu a

到 了[12] 我 叫[13] 你。
gao a wā giu li

可是[14] 风景[15] 很 美，
m gōu hōng gìn zōu suì

我 舍不得[16] 睡[17]。
wā m gān kun

---

[1] 头 táo
[2] 晕 hín
[3] 想；想要 xiu vēi
[4] 吐 tou
[5] 晕车 hīn qiā
[6] 路 lōu
[7] 就 diu
[8] 这样 ān nēi
[9] 弯弯曲曲 wān wān kiāo kiāo
[10] 先 xīn
[11] 休息 hiù kun（休困）
[12] 到了 gao a
[13] 叫 giu
[14] 可是；不过 m gōu（不过）
[15] 风景 hōng gìng
[16] 舍不得 m gān（不甘）
[17] 睡 kun（困）

★了

你　怀孕[18]　了！
lī　wu xīn　ā

我　考上[19]　了！
wā　kōu diáo　ā

★就是这样

他　对　人　就是　这样　重感情[20]。
yī　duì　láng　diu xi　ān nēi　bua gān jíng

烂客户[21]　就是　这样。
ào kei　diu xi　ān nēi

[18] 怀孕 wu xīn（有身）
[19] 考上 kōu diáo（考到）
[20] 重感情 bua gān jíng（搏感情）
[21] 烂客户 ào kei（烂客）

6 阿里山

今晚[1] 住 在 这儿，
yīn an duà di jiā

大家[2] 最好[3] 早点[4] 睡，
da gēi xiong hòu kā zā kun

明天[5] 一大早[6] 四点[7] 出发[8]，
miā zai tào zà xì diàng cu hua

坐[9] 小[10] 火车[11] 去 看 日出[12]。
jē xiū huī qiā kī kuà li cu

山上[13] 很 冷[14]
suā dìng zōu guá

怕[15]冷 的人 穿[16] 多一点[17]
giāng guá ēi láng qing kā jē ji lei

如果[18] 天气[19] 好，
na tī ki hòu

看 日出；
kuà li cu

天气 不好，
tī ki vōu hòu

看 云海[20]。
kuà hūn hài

---

1 今晚 yīn an
2 大家 da gēi
3 最好 xiong hòu（尚好）
4 早点 kā zā（较早）
5 明天 miā zai
6 一大早 tào zà（透早）
7 四点 xì diàng
8 出发 cu hua
9 坐 jē
10 小 xiū（细）
11 火车 huī qiā
12 日出 li cu
13 山上 suā dìng（山顶）
14 冷 lìng ；guá（寒）

15 怕 giāng（惊）
16 穿 qīng
17 多一点儿 kā jē ji lei（较多一点）
18 如果 na（若）
19 天气 tī qi
20 云海 hūn hài

★早点；晚点

你 早点　去 等[21] 他。
lī　kā zā　kī　dàn　yī

他 晚点　才 到。
yī　kā wa　jiā　gao

★……一点儿

迟到[22]　的 人　动作[23]　快一点儿[24]！
dī dou　ēi　láng　dong zou　kā　gìn ji lei

没[25]　钱[26] 的 人　去 借　一点儿。
vōu　jí　ēi　láng　kī　jiu　ji lie

---

[21] 等 dàn
[22] 迟到 dī dou
[23] 动作 dong zou
[24] 快一点儿 kā gìn ji lei（较紧一点）
[25] 没；没有 vóu（否）
[26] 钱 jí

7 照相[1]

日月潭　　真[2] 美，
--------- jīn suì

比[3] 我 想 的 还 美，
bī wā xiū ēi ā gōu suì

下午[4] 三点 就 开始[5] 起雾[6]，
ēi bōu sā diàng diu kāi xī dà vū

看起来[7] 很 神秘[8]，
kua ki lai zōu xīn bi

我 拍 很多 相片[9]。
wā hi zōu je xiòng pi

借 我 看一下[10]。
jiù wā kua ji lei

你 拍得[11] 很好，
lī hi gā zōu hòu

有 机会[12] 你 自己[13] 去 看一看[14]
wu gī huī lī gagī kī kuà māi

不会[15] 令[16] 你 失望[17] 的！
vēi hou lī xi vōng ēi

---

1 照相 hi xiōng
2 真 jīn
3 比 bī
4 下午 ē bōu
5 开始 kāi xì
6 起雾 dà vū（搭雾）
7 看起来 kua ki lai（缩音为kua kai）
8 神秘 xīn bi
9 相片 xiòng pi
10 看一下 kua ji lei

11 拍得 pà gā
12 机会 gī huī
13 自己 gā gī
14 看一看 kuà māi
15 不会 vēi（未）
16 令；让 hou（乎）
17 失望 xī vōng

句型大补帖

★比

你 比 我 考 的 还 好。
lī bī wā kòu ēi ā gōu hòu

比 上次 还 差[18]。
bī dīng bài ā gōu vài

★……一

让 我 参考[19] 一下。
hou wā cān kòu ji lei

借 过[20] 一下。
jiù gui ji lie

[18] 差 vài（坏）
[19] 参考 cān kòu
[20] 借过 jiù gui

8 书店

请问[1] 书店[2] 在 哪儿[3]?
qiā vēn sū diang di dōu wī

你 要 去 哪一家[4]?
lī vēi kī dòu ji gīng

24 小时[5] 那 家。
li xì xiū xí hi gīng

坐 捷运 就 到 了，
je --- diu gao ā

三 站地[6]。
sā zān

一本[7] 书[8] 大概[9] 多少钱[10]?
ji būn sū dai gai lau je jí

有的 比较 便宜；
wū ēi kā xiù

有的 比较 贵。
wū ēi kā gui

你 要 买 什么 书?
lī vēi vēi xiā mì sū

孩子[11] 学[12] 英语[13] 的 书。
yīn ā ou yīn vén ēi sū

[1] 请问 qiā vēn
[2] 书店 sū diang
[3] 哪儿 dòu wī（哪位）
[4] 哪一家 dòu ji gīng（哪一间）
[5] 24小时 li xì xiū xí
[6] 三站地 sā zān（三站）
[7] 一本 ji būn
[8] 书 sū；qie（册）
[9] 大概 dai gai
[10] 多少钱 lua je jí

[11] 孩子 yīn a（囡仔）
[12] 学 ou
[13] 英语 yīng vén（英文）

★请问

请问　你 是 谁[14]？
qiā vēn lī xi xiā láng

请问　地址[15] 在 哪里？
qiā vēn zu jì di dōu wī

★多少钱

总共[16]　多少 钱？
lōng zòng lua je jí

这套房子[17]　多少钱？
jī gīng cu lua je jí

14 谁 xiā láng（啥郎）
15 地址 zu jì（住址）
16 总共 lōng zòng（拢总）
17 这套房子 jī gīn cu（这间厝）

9 方便面

这种[1] 方便面[2] 好吃 吗[3]?
ji kuān pào mī gān hōu jia

不错[4]!
vei vài

大陆[5] 有 这个 牌子[6],
dai liu wū ji lēi bāi zù

但是[7] 没有[8] 这个 口味[9]。
dan xi vōu ji lēi kāo vī

你 常常[10] 吃 方便面?
lī dia dia jia pào mī

因为[11] 懒[12] 得 做饭[13],
yīn wi bīng dua -- zū bēn

也 不会[14] 煮[15],
ma vei hiào zù

方便面 比较 方便[16]。
pào mī kā hōng biān

---

[1] 种 kuān（款）
[2] 方便面 pào mī（泡面）
[3] 好吃吗 hōu jia vou（好吃否）
[4] 不错 vei vài（未坏）
[5] 大陆 dai liu
[6] 牌子 bāi zù
[7] 但是 dan xi
[8] 没有 vóu（否）
[9] 口味 kāo vī
[10] 常常 dia dia

---

[11] 因为 yīn wi
[12] 懒；懒惰 bīng duā
[13] 做饭 zū bēn（煮饭）
[14] 不会 vēi；vei hiào（未晓）
[15] 煮 zū；zù
[16] 方便 hōng biān

★因为

因为　我　爱[17]　你。
yīn wi　wā　ai　li

因为　下雨，　地面[18]　湿[19]　湿　的。
yīn wi　lou hōu , tōu kā　dān　dán　--

★比较

学生[20]　比较[21]　怕　考试[22]。
ha xīng　kā　giāng　kōu qi

气温[23]　比较　高[24]。
kì wēn　kā　guán

[17] 爱；喜欢 ai
[18] 地面；地板 tōu kā（土脚）
[19] 湿 dān / dán
[20] 学生 ha xīng
[21] 怕 giāng（惊）
[22] 考试 kōu qi
[23] 气温 kì wēn
[24] 高 guán

10 烫头发

我 想要 烫头发[1]。
wā xiu vēi dian tāo mōu

烫 哪一种?
dian dòu ji kuàn

现在[2] 流行[3] 的 那种。
jīn mài liū híng -- hī kuàn

那是 短发[4] 的,
hēi xi dēi tāo mōu ēi

要 剪短[5]。
ài gā dèi

没关系[6]
vōu yào gìn

我 早就 想要 剪 了,
wā zà dui xiu vēi gā ā

长[7] 头发 很烦[8] 的,
dēng tāo mōu zōu huán ēi

我 还 要 染[9] 红色[10] 的,
wā ā gōu vēi nī āng xi ēi

真 会[11] 作怪[12]。
jiā gāo bì gāo lāng

[1] 烫头发 dian tāo mōu(电头毛)
[2] 现在 jīn mài
[3] 流行 līu híng
[4] 短发 dēi tāo mōu(短头毛)
[5] 剪短 gā dèi
[6] 没关系 vōu yào gìn(否要紧);vóu guān hēi(否关系)

[7] 长 déng
[8] 烦 huán
[9] 染 nì
[10] 红色 āng xi
[11] 真会;真行 zōu gáo
[12] 作怪 bì gāo lāng(变猴郎)

★这是；那是

那是　房东[13]　的　桌子[14]。
hēi xi　cù zù　ēi　dōu ā

这是　我　姑姑[15]　的　声音[16]。
jē xi　wā　a gōu　ēi　xiā yīn

★早就

名字[17]　早就　改　了。
miá　zà diu　gài　a

银行[18]　早就　关　了。
yīn háng　zà diu　guāi　ā

---

[13] 房东 cù zù（厝主）
[14] 桌子 dōu ā
[15] 姑姑 ā gōu（阿姑）
[16] 声音 xiā yīn
[17] 名字 miá（名）
[18] 银行 yīn háng

11 菜市场

前面[1] 就是 菜市场[2]，
tāo jíng diu xi cài qī à

有一点儿[3] 脏兮兮[4]，
wu ji diāng a là sā là sa

又 臭气冲天[5]，
gōu cào mī mōu

但是 菜 便宜 又 新鲜[6]，
dan xi cai xiù gōu qī

尤其[7] 水果[8] 和 青菜[9]，
ū gí zuī gòu gā qiē cai

很多 妇女[10] 去 那儿 买菜[11]
zōu je ou bā sàng kī hiā vēi cai

不过 超级市场[12] 比较[13]乾净[14]，
m gōu qiāo gi qi diú kā qīng ki

东西 都有 包装[15]，
mi giāng lōng wu bāo zōng

什么 都有，
xiā mī lōng wu

也 很 方便，
ma zōu hōng biān

---

1 前面 tāo jíng（头前）
2 菜市场 cài qi à（菜市仔）
3 有点 wu ji diāng a（有一点儿）
4 脏兮兮 là sā là sa（拉撒拉撒）
5 臭气冲天 cào mī mōu（臭弥毛）
6 新鲜 qī（青）
7 尤其 ú gí
8 水果 zuī goù
9 青菜 qiē cai
10 妇女 ou bā sàng（外来语）
11 买菜 vēi cai
12 超级市场 qiāo gi qi diú
13 比较 kā（较）
14 乾净；清洁 qīng ki
15 包装 bāo zōng

★又

聪明[16] 又 漂亮[17]！
kiào gōu suì

便宜 又 大[18] 碗！
xiu gōu dua wà

★什么……都有

什么 病人[19] 都有。
xiā mī bei láng lōng wū

什么 问题[20] 都 有。
xiā mī vun déi lōng wū

[16] 聪明 kiào（窍）；cōng míng
[17] 漂亮；美 suì
[18] 大 duā
[19] 病人 bei láng
[20] 问题 vun déi

12 寄信

导游[1] 先生[2]，
dou ú xiān xī

我 不知道[3] 邮局[4] 在 哪里，
wā m zāi ū giu di dōu wī

你 可以 帮[5] 我 寄[6]信[7] 吗?
lī ei sāi da wā già pēi vou

都是 明信片[8]。
lōng xi mīn xìn pi

不用 担心[9]，
miān huān lòu

酒店 就可以 寄，
ben diang diu ei sāi gia

你 把[10] 邮票[11] 的钱 交给[12] 柜台[13]
lī da ū piu ēi jí gāo hou gui dái

他 会 帮 你 寄。
yī ēi da lī gia

要 手续费[14] 吗?
ài qū xiū hui vou

不用!
miàn

---

[1] 导游 dou ú
[2] 先生 xiān xī
[3] 不知道 m zāi
[4] 邮局 ū giū
[5] 帮 da（搭）
[6] 寄 già / gia
[7] 信 pēi（批）
[8] 明信片 mīn xìn pi
[9] 担心 huān lòu（烦恼）
[10] 把 da
[11] 邮票 ū piu
[12] 交给 gāo hōu（交乎）
[13] 柜台 gui dái
[14] 手续费 qū xiū hui

★不知道

我 不知道 发生 什么 事[15]。
wā m zāi huā xīng xiā mī dai ji

爸爸 不知道 我的 成绩[16]。
ba bā m zāi wā ēi xīng ji

★可以帮……；能帮

警察[17] 可以 帮 你 找[18] 人。
gīng ca ei sāi da lī cui láng

狗狗[19] 能 帮 你 看家[20]。
gāo ā ei sāi da lī kuà cu

---

[15] 事；事情 dai ji（代志）
[16] 成绩 xīng ji
[17] 警察 gīng ca
[18] 找 cuī
[19] 狗狗 gāo a（狗仔）
[20]、看家 gòu cu（顾厝）

13 锻炼

我们[1] 去 锻炼[2] 好不好[3]？
lān qī wen dōng hòu vou

我 是 俱乐部[4] 的 会员[5]，
wā xi gu lou bōu ēi hui wán

我 可以 带 你 进去[6]。
wā ei sāi cua lī li ki

你 做[7] 什么 锻炼？
lī zòu xiā mī wen dōng

跑步[8]，
zào

我 喜欢 流汗[9]，
wā ài lāo guā

你 可以 做 瑜珈。
lī ei sāi zòu ------

我 不会。
wā vei hiào

跟[10] 老师 做 就 可以 了，
dèi lao sū zou diu ei sài a

不会 很 难[11]。
vei zou lán

---

1 我们 lān（咱）
2 锻炼 wen dōng（运动）
3 好不好 hòu vou（好否）
4 俱乐部 gu lou bōu
5 会员 hui wán
6 进去 li ki（里去）
7 做 zou
8 跑步；跑 zào（走）
9 流汗 lao gua
10 跟 dèi
11 难 lán

★做什么

今天　煮　什么　菜？
giāng zū xiā mī cai

他 做　什么　动作[12]？
yī zou xiā mī dong zou

★跟（人）……就可以了

跟　我　走[13]　就　可以　了！
dèi wā giáng diu ei sài a

跟　护士[14]　去 就　可以　了！
dèi hou sū ki diu ei sài a

[12] 动作 dong zou
[13] 走 giáng（行）
[14] 护士 hou sū

14 菲佣

她 是 谁?
yī xi xiā láng

看起来 不像[1] 台湾人。
kua ki lai vōu xīng dāi wān láng

她 是 我们家[2] 的 菲佣,
yī xi wēn dāo ēi -----

因为 祖父[3] 中风[4],
yīn wi a gōng diòng hōng

脚[5] 不 方便,
kā vōu hōng biān

出门[6] 要 坐 轮椅[7],
cu vén ài je lūn yì

所以[8] 雇[9] 她 来 帮忙[10]。
soū yī qià yī lāi dào sā gāng

很多 人 家里[11] 都有,
zōu je láng cù lāi lōng wu

不是 菲佣 就是 印佣,
m xi ---- diu xi ----

来照顾 病人[12] 老人[13] 婴儿[14]
lāi jiào gōu ben láng ,lao láng ,ù yī ā

---

[1] 像 xíng(形);xīng
[2] 我们家;我家 wēn dāo
[3] 祖父;爷爷;外公 a gōng(阿公)
[4] 中风 diòng hōng
[5] 脚 kā
[6] 出门 cu vén
[7] 轮椅 lūn yì

[8] 所以 sōu yī
[9] 雇;聘请 qià(请)
[10] 帮忙 dào sā gāng(兜三工)
[11] 家里 cù lāi(厝内)
[12] 病人 bei láng(病郎)
[13] 老人 lao láng(老郎)
[14] 婴儿 ù yī ā(幼囡仔)

★不像

相片[15] 不像 我。
xiòng pi vōu xīng wà

这么 做 不像 你。
ān nēi zou vōu xīng lì

★不是……就是……

不是 打[16] 就是 骂[17]。
m xi pà， diu xi mēi

不是 喝酒[18] 就是 赌博[19]。
m xi līng jù，diu xi bua giào

---

[15] 相片 xiòng pī
[16] 打（架）pà（拍）
[17] 骂 mēi；mā
[18] 喝酒 līng jù（饮酒）
[19] 赌博 bua giào

15 台风[1]

风雨[2] 怎么那么 大[3]？
hōng hōu nài hiā ni duā

要 刮台风[4] 了！
vēi zòu hōng tāi ā

晚上[5] 就来 了！
àn xí diu lái ā

每次[6] 台风 来，
miū bài hōng tāi lái

有的 地方[7] 淹水[8]，
wū ēi sōu zai yīn zuì

有的 家 停电[9]，
wū ēi cu xī dian

怎么 会 这样[10]？
nài ēi ān nēi

我们 要 怎么办[11]？
lān vēi ān zuà

储存[12] 一些[13] 水[14]，
dū ji guā zuì

准备[15] 腊烛[16] 跟 电池[17]。
zūn bī la ji gā dian dí

1 台风 hōng tāi（风台）
2 风雨 hōng hōu
3 怎么那么 nài hiā ni
4 刮台风 zòu hōng tāi（做风台）
5 晚上 àn xí（暗时）
6 每次 mīu bài（每遍）
7 地方 sōu zāi（所在）
8 淹水 yīn zuì
9 停电 xī dian（失电）
10 怎么会这样 nài ei ān nēi
11 怎么办 vēi ān zuà（要怎样）
12 储存 dū（储）
13 一些 ji guā
14 水 zuì
15 准备 zūn bī
16 腊烛 la ji
17 电池 dian dí

★怎么那么；怎么这么

客人[18]　怎么那么　生气[19]？
lāng kei　nài hiā ni　xiu ki

你　怎么这么　傻[20]？
lī　nài jiā ni　gōng

★怎么办

现在　怎么办？
jīn mài　vēi an zuà

不然　怎么办？
vóu　vēi ān zuà

[18] 客人 lāng kei（郎客）
[19] 生气 xiu ki
[20] 傻 gōng

16 地震

昨天[1] 地震[2]，
záng dēi dāng

我 好 害怕[3]。
wā zōu giāng

几点 的 事？
guī diàng ēi dai ji

半夜[4] 十二点多[5]。
buà méi za li diāng wā

我 已经[6] 睡 了，
wā yī gīng kun ā

完全[7] 没 感觉[8]。
wān zuán vōu gān ka

[1] 昨天 záng
[2] 地震 dēi dāng（地动）
[3] 害怕 giāng（惊）
[4] 半夜 buà méi
[5] 十二点多 za li diāng wā（十二点外）
[6] 已经 yī gīng
[7] 完全 wān zuán
[8] 感觉 gān kā

摇[9] 得 很 厉害，
yōu gā zōu li hāi

你 怎么 不知道[10]？
lī nài m zāi

台湾 地震 很多，
dāi wán dēi dāng zōu jē

我 已经 习惯[11] 了。
wā yī gīng xi guan ā

[9] 摇 yóu
[10] 知道 zāi（知）；zāi yàng（知影）
[11] 习惯 xi guan

★什么时候

公司[12]　什么时候　搬[13]？
gōng xī　xiā mī xī zūn　buā

他们　什么时候　离婚[14]　的？
yīn　xiā mī xī zūn　li hūn　ēi

★……得很……

打扫[15]　得　很　干净。
biā　gā　zōu　qīng ki

写[16]　得　很　感人[17]。
xiā　gā　zōu　gān lín

[12] 公司 gōng xī
[13] 搬 buā
[14] 离婚 li hūn
[15] 打扫 biā（拼）
[16] 写 xiā
[17] 感人 gān lín

17 盒饭

吃饭[1] 了[2]!
jia bēn ā

我 没空[3],
wā vōu yíng

不[4] 出去[5] 吃 了。
vōu ài cu kī jiā ā

我 帮 你 买,
wā da lī vèi

你 要 吃 什么?
lī ài jia xiā mì

盒饭[6]。
bian dōng

[1] 吃饭 jia bēn
[2] 了 ā
[3] 没空 vōu yíng（无闲）
[4] 不；不要 vōu ai（缩音为vuǎi）
[5] 出去 cu ki
[6] 盒饭 bian dōng（便当）（外来语）

哪一种?
dòu ji kuàn

鸡腿[7] 排骨[8] 还是 鱼[9]?
gēi tuì，bāi gu ya xi hī ā

素食[10] 的,
sòu xi ēi

我 今天 想 要 吃素[11]。
wā giāng xiu vēi jia cai

[7] 鸡腿 gēi tuì
[8] 排骨 bāi gu
[9] 鱼 hī à（鱼仔）
[10] 素食 sòu xi
[11] 吃素 jia cai（吃菜）

★没有；没

我 没有 说[12] 过 这个。
wā vōu gōng guì jē

家具店[13] 没开[14]。
gā gu diang vōu kuī

★哪一……

哪一双[15] 鞋？
dòu ji xiāng éi

哪一个[16] 教授[17]？
dòu ji ēi gào xū

[12] 说 gòng（讲）
[13] 家具店 gā gu diang
[14] 开 kuī
[15] 一双 ji xiāng
[16] 一个 ji ēi
[17] 教授 gào xū

18 路边摊

这条[1] 腰带[2] 很 时髦[3]，
ji diāo yōu dua zōu pā

哪里 买 的?
dòu wī vèi ei

路边摊[4]，
lou bī dā ā

巷子口[5] 那个。
hāng ā kào hī léi

我 知道 了，
wā zāi yàng a

她 卖 的 东西 不错，
yī vēi ēi mi giāng vei vài

[1] 条 diáo / diāo
[2] 腰带 yōu dua
[3] 时髦 pā
[4] 路边摊 lou bī dā a（路边担仔）
[5] 巷子口 hang ā kào（巷仔口）

也 不 贵，
ma vei gui

我 下班[6] 去 看看，
wā ha bān qī kuàn māi

她 今天 没来，
yī giāng vōu lái

一 星期[7] 才[8] 来 一次。
ji lēi bai jiā lái ji bài

[6] 下班 ha bān
[7] 星期 lēi bai（礼拜）
[8] 才 jiā

★不错

他 演[9] 得 不错。
yī yān gā vei vài

用起来[10] 不错。
yīng ki lai vei vài

★才

一天[11] 才 三个 客人。
ji gāng jiā sā ēi lāng kei

一件 才 卖[12] 十元[13]。
ji niā jiā vēi za kōu

9 演 yān
10 用起来 yīng ki lai
11 一天 ji gāng
12 卖 vēi
13 元 kōu（块）

19 塞车

台北　塞车[1] 很　严重[2]，
dai ba ta qiā zōu yāng diōng

上下班[3]　的时候 最　厉害
xiong ha bān ēi xī zūn xiong li hāi

每家[4]　都　有　车，
miū gēi lōng wu qiā

开车[5]　的　人　太　多，
kuī qiā ēi láng xiū jē

每　条　路 都　塞，
miū diáo lōu lōng ta

停车位[6]　很　难找[7]，
tīng qiā wī zōu pāi cuī

绕很久[8]　都　找不到[9]，
xei zōu gù lōng cui vóu

随便[10]　停　会 被[11] 罚[12]，
qìng cāi tíng ei hōu hua

很多　人　不喜欢 开　了，
jīn je láng vōu ài kuī ā

因为　增加[13] 麻烦[14]。
yīn wi gēi mā huán

---

[1] 塞车 ta qiā
[2] 严重 yāng diōng
[3] 上下班 xiong ha bān
[4] 每家 miū gēi
[5] 开车 kuī qiā
[6] 停车位 tīng qiā wī
[7] 找 cui

[8] 绕很久 xei zōu gù
[9] 找不到 cui vóu（找否）
[10] 随便 qìng cài
[11] 被 hōu（乎）
[12] 罚 hua
[13] 增加 gēi（加）
[14] 麻烦 mā huán

★……的时候

晴天[15] 的 时候 晒[16] 棉被[17]。
hōu tī ēi xī zūn pa mī pei

生气 的 时候 别 惹[18]她。
xiu ki ēi xī zūn mài lià yi

★被

他 的 钱 被 骗[19] 了。
yī ēi jí hōu pian a

坏人[20] 被 抓[21] 起来 了。
pāi láng hōu lià ki lai a

---

[15] 晴天 hōu tī（好天）
[16] 晒 pa
[17] 棉被 mī pei
[18] 别惹 mài lià（莫惹）
[19] 骗 pian
[20] 坏人 pāi láng（坏郎）
[21] 抓 lià

20 拜拜

台湾 很多 庙[1]，
dāi wán zōu je viū

很多人 信佛教[2] 与 道教[3]。
jīn je láng xìn hu gao gā dou gao

这间 庙 有 一百[4] 多 年[5]，
ji gīng viū wu bà wa ní

每天[6] 都有人 来 拜拜，
miū gāng lōng wu láng lāi bài bai

求[7] 平安、
giú bīng ān

求 发财[8]、
giú huā zái

求 姻缘[9]，
giú yīn én

初一[10] 与 十五[11] 人 最多。
cōu yi gā za gōu láng xiong jē

你 信 什么 教？
lī xìn xiā mī gao

我 什么 都 不 信。
wā xiā mī lōng m xin

1 庙 viū
2 佛教 hu gao
3 道教 dou gao
4 一百 ba（百）
5 年 ní
6 每天 miū gāng
7 求 giú
8 平安 bīng ān
9 发财 hua zái
10 姻缘 yīn én
11 十五 za gōu

★很多

今年[12] 下 很多 雪[13]。
gīn ní lou zōu je xei

最近[14] 很多人 投资[15]。
zuì gīn zōu je láng dāo zū

★几（数量）多

我 买 三斤[16]多 的 红豆[17]。
wā vēi sā gīn wā ēi āng dāo à

台湾 有 两千[18]多万[19] 人。
dāi wán wu leng qīng wa vān láng

---

[12] 今年 gīn ní
[13] 下雪 lou xei（落雪）
[14] 最近 zuì gīn
[15] 投资 dāo zū
[16] 斤 gīn
[17] 红豆 āng dāo à（红豆仔）
[18] 千 qīng
[19] 万 vān

21 过年

台北　过年[1]　热闹[2]　吗?
dai ba　guì ní　lao lèi　vou

没什么　意思[3],
vōu xiā mī　yì su

很多人　回去[4]　中南部[5],
zōu je láng dēng kī　diōng lān bōu

只　剩[6]　台北人,
gānā　cūn　dai ba láng

如果　没　出国[7]
na　vōu　cu gou

也　没　去　郊外[8]　玩,
ma　vōu　kī　gāo wā　ji tóu

就是　逛街,
diu xi　xei gēi

因为　百货公司　没休息,
yīn wi　bà huì gōng xī　vōu hiù kun

餐厅[9]　生意　也　很好,
cān tiāng　xīn lì　ma　zōu hòu

很多人　在　外面　吃。
jīn je láng　di　wà kào　jiā

[1] 过年 guì ní
[2] 热闹 lao lèi（闹热）
[3] 意思 yì su
[4] 回；回去 dèng ki
[5] 中南部 diōng lān bōu
[6] 剩 cūn（存）
[7] 出国 cu gou
[8] 郊外 gāo wā

[9] 餐厅 cān tiāng

★没什么……

冰箱[10] 里面 没什么 菜。
bīng xiū lai vīn vōu xiā mī cai

我 没什么 好说的。
wā vōu xiā mī hōu gòng ei

★如果

如果 坏了[11] 就 扔掉[12]。
na pài ki diu dàn diao

如果 看完 就 还 我。
na kuà wán diu híng wā

---

[10] 冰箱 bīng xiū
[11] 坏了 pài ki（坏去）
[12] 扔掉 dàn diāo

22 按摩

我 全身[1] 腰酸背痛[2]，
wā guī xīn kū yōu sēng bei tia

帮 我 按摩[3] 一下，
da wā mā sà ji ji lei

使劲[4] 一点 没关系。
kà cu la ji lei vōu yào gìn

好的。
hòu

请 你 躺下来[5]，
jiā lī dòu lou lai

趴着[6]，
pa lei

你 的 脖子[7] 很紧[8]，
lī ēi ām ā gùn zōu án

平常[9] 一定 很 紧张[10]
bīn xiōng xí yī ding zōu gīn diōng

我 的 小腿[11] 也 很 酸[12]，
wā ēi xiū tuì ma jīn sēng

帮 我 抓一抓[13]。
da wā lia lià e

---

1 全身 guī xīn kū（整身躯）
2 腰酸背痛 yōu sēng bei tia
3 按摩lia líng（抓龙）；mā sà ji（外来语）
4 使劲 cu la（出力）
5 躺下来 dòu（躺落来）
6 趴着 pa lei

7 脖子 ām ā gùn（颔仔颈）
8 紧 án
9 平常 bīng xiōng xí（平常时）
10 紧张 gīn diōng
11 小腿 xiū tuì
12 酸 sēng
13 抓一抓 lia lià a

★……着

叫　狗狗　坐着 不　动[14]。
giù gāo a jē lei mài dīng dāng

跪[15]着 擦[16] 地板。
guī lei qi tōu kā

★……一……

把 拖鞋[17]　洗一洗[18]。
da qiān tuā xēi xèi ei

剩　的 饭　吃一吃[19]。
cūn ēi bēn jia jià ei

[14] 动 dīng dāng（定动）
[15] 跪 guī
[16] 擦 qi
[17] 拖鞋 qiān tuā
[18] 洗一洗 xēi xèi ei
[19] 吃一吃 jia jià ei

23 晒黑

你 怎么 变[1] 这么 黑[2]?
lī nài biàn hiā ōu

昨天 去 海边[3] 玩。
záng kī hāi bī qi tóu

原来[4] 是 晒[5]黑 的,
wān lái xi pa ōu ēi

我 怕 会 有 黑斑[6],
wā giāng ēi wu ōu bān

我 的 背后[7] 都 脱皮[8] 了
wā ēi ka qiā piā lōng lìu péi ā

痛[9] 得 要 死。
tiàng gā vēi xì

看 医生[10] 了 没?
kuà yī xīng a vēi

擦药[11] 了,
vuà yōu à

下次[12] 还 要 去 吗?
ao bài ā gōu vēi kì vou

不敢[13] 了。
m gà a

---

1 变 biàn
2 黑 ōu
3 海边 hāi bī
4 原来 wān lái
5 晒 pa
6 黑斑 ōu bān
7 背后 ka qiā piā
8 脱皮 lìu péi
9 痛 tiàng / tiang

10 医生 yī xīng
11 擦药 vuà yōu à（抹药仔）
12 下次 ao bài（后遍）
13 不敢 m gà

★原来

原来　　是 误会[14]。
wān lái　xi　gou huī

原来　　很　简单[15]。
wān lái　zōu　gān dān

★……了没

你 写　功课[16]　　了 没？
lī　xiā　gōng kou　a　vēi

你 缴[17]　电费[18]　　了 没？
lī　giāo　dian hui　a　vēi

---

[14] 误会 gou huī
[15] 简单 gān dān
[16] 功课 gōng kou
[17] 缴 giāo
[18] 电费 dian hui

24 淋雨

下雨[1] 了，
lou hōu ā

你 有 雨伞[2] 吗？
lī wu hou sua vou

忘记[3] 带[4]。
vei gī za

我 也 没有。
wā ma vóu

怎么办？
vēi ān zuà

淋雨[5]，
lān hōu

跑 过去[6] 就 到 了。
zào guì ki diu gao a

雨 越来越大[7]，
hōu lū lái lū duā

我 淋雨 会 发烧[8]。
wā lān hōu ei huā xiū

不然[9] 在 这儿 躲雨[10]。
vóu di jiā pià hōu

---

1 下雨 lou hōu（落雨）
2 雨伞 hou sua
3 忘记 vei gī（未记）
4 带（东西）zà（载）
5 淋雨 lān hōu

6 过去 gui ki
7 越来越大 lū lái lū duā
8 发烧 huā xiū
9 不然 vóu
10 躲雨 pià hōu（避雨）

★就

他 一看到 蛋糕[11] 就 高兴[12]。
yī ji kuà diu gēi leng gōu diu huā hì

有 错[13] 就 改[14]。
wu m diù diu gài

★越……越……

越 晚 越 冷。
lū wa lū lìng

病 越来 越 严重[15]。
bēi lū lái lū yang diōng

[11] 蛋糕 gēi leng gōu（鸡卵糕）
[12] 高兴 huā hì（欢喜）
[13] 错 m diù（不对）
[14] 改 gài
[15] 严重 yāng diōng

25 小偷

有 小偷[1]！
wu ca là

我 的 皮包[2] 不见 了[3]！
wā ēi pēi bāo vóu ki a

放 在[4] 手提袋 里面[5]，
kèng di ēi kā bàng lai vīn

现在 找不到 了。
jīn mài cui vóu ā

你 刚才[6] 买什么？
lī dū jià vēi xiā mì

鞋子，
ēi à

付钱[7]的 时候 发现[8] 不见了，
hù jí ēi xī zūn hua hian vóu kì a

里面 有 两千多块[9]。
lai vīn wu leng qīng wa kōu

我 借[10] 你 钱，
wā jiu lī jí

我 不 买 了。
wā m viè a

1 小偷 ca là（贼仔）
2 皮包 pēi bāo
3 不见了 vóu ki a
4 放在 kèng di
5 里面 lai vīn
6 刚才；刚刚 dū jia

7 付钱 hù jí
8 发现 hua hian
9 两千多块 lēng qīng wa kōu（两千外块）
10 借 jiu

★刚才

刚才　有人　按[11]　电铃[12]。
dū jia　wu láng　qi　dian líng

我　刚才　才　放弃[13]。
wā　dū jia　jiā　hòng ki

★不；不要

他　不　考　了。
yī　m　kòu　a

我　不　劝[14]　他　了。
wā　m　keng　yī　a

---

[11] 按 qi
[12] 电铃 dian líng
[13] 放弃 hòng ki
[14] 劝 keng

26 等人

你 在 这儿 干什么[1]?
lī di jiā còng xiā mì

等[2] 人,
dān láng

还没[3] 来,
ya vei lái

不知 还要 等 多久。
m zāi ā gōu vēi dān lua gù

打电话[4] 问 一下。
kà dian wēi vēn ji lei

没人 接[5]。
vōu lāng jia

你 等 多久[6] 了?
lī dān lua gù a

半小时[7]。
buà diāng jīng

再 等一下。
gōu dàn ji lei

啊! 他 来 了。
a yī lái a

[1] 干什么 còng xiā mì
[2] 等 dān
[3] 还没 ya vei
[4] 打电话 kà dian wēi
[5] 接 jia

[6] 多久 lua gù
[7] 半小时 buà diāng jīng(半点钟)

★还没……

大学[8]　还没　放榜[9]。
dai ha　ya vei　hòng bòng

通知[10]　还 没来。
tōng dī　ya　vei lái

★还要……

我　还　要　学[11]　多久?
wā　ā gōu　vēi　ou　lua gù

还　要不要　开会[12]?
ā gōu　vēi　kuī huī　vou

[8] 大学 dai ha
[9] 放榜 hòng bòng
[10] 通知 tōng dī
[11] 学 ou
[12] 开会 kuī huī

27 团团圆圆

昨天 我 去 动物园[1] 玩。
záng wā kī dong vu héng qi tóu

去 看 团团圆圆?
kī kuà -------

当然[2]!
dōng lián

它们 吃饱睡 睡饱吃[3],
yīn jia bā kun , kùn bā jia

圆滚滚[4]
yī gùn gun

好 可爱[5],
zōu gōu zuī

它们 快要[6] 五岁 了!
yīn dā vēi gou hei a

还没 生[7]?
ya vei xēi

再 等一等[8],
gōu dàn ji lei

可能[9] 明年[10]!
kōu líng mēi ní

---

1 动物园 dong vu yéng
2 当然 dōng lián
3 吃饱睡 睡饱吃 jia bā kun，kùn bā jia
4 圆滚滚 yī gùn gun
5 可爱 gōu zuī
6 快要 dā vēi
7 生 xēi
8 等一等 dàn ji lei
9 可能 kōu líng
10 明年 mēi ní

★快要

快要　热[11]　死　了！
dā vēi　lua　xi　a

快要　来不及[12]　了！
dā vēi　vei hu　a

★还没

公司　还没　倒闭[13]。
gōng xī　ya vei　dòu

她　还没　答应[14]。
yī　ya vei　dà ying

[11] 热 lua
[12] 来不及 vei hu（未赴）
[13] 倒闭 dòu（倒）
[14] 答应 dà ying

28 拜访

不好意思[1]！
pāi xei

打扰[2] 了！
giāo liào a

请 进来！
qiā li lai

你 看 他们[3] 家 好漂亮，
lī kuà yīn dāo zou suì

好 舒适[4]，
zōu sù xī

窗帘[5] 很 好看[6]，
ká diàn zōu hōu kuà

小孩 房 好 可爱……
yīn ā báng zōu gō zuī

难怪[7] 他 说 若要 装修[8]
vou guài yī gōng na vēi zōng hóng

就要 来 你家 看看。
diu ài lāi līn dāo kuà māi

---

1 不好意思 pāi xei
2 打扰 giāo liào（搅扰）
3 他们 yīn
4 舒适 sù xī
5 窗帘 ká diàn（外来语）
6 好看 hōu kuà
7 难怪 vou guai（否怪）
8 装修 zōng hóng（装潢）

★谢谢

谢谢　　你的　招待[9]。
dōu xia　lī ēi　jiāo tāi

谢谢　　大家　的　捧场[10]。
dōu xia　da gēi　ēi　pāng diú

★难怪

难怪　　女生[11]　　讨厌[12]　他。
vou guài　záo yīn a　tōu ya　yī

难怪　　他　想要　　自杀[13]。
vou guài　yī　xiu vēi　zu sa

[9] 招待 jiāo tāi
[10] 捧场 pāng diú
[11] 女生 záo yīn a
[12] 讨厌 tōu ya
[13] 自杀 zu sa

29 天气[1]

台北　冬天[2]　会 冷[3] 吗?
dai ba guā tī gān ei lìng

没　大陆[4]　冷,
vōu dai liu lìng

不过　比较 湿,
m gōu kā dán

下雨　的 时候　冷飕飕[5]。
lou hōu ēi xī zūn līng gī gī

夏天[6]　会 热 吗?
lua tī gān ei làu

很热,
zōu luà

没有 风[7]
vōu hōng

很　闷[8],
zōu vūn

晚上　也　三十　几　度[9],
àn xí ma sā za guī dōu

每家　都　开　空调[10]。
mīu gēi lōng kuī līng ki

[1] 天气 tī ki
[2] 冬天 guā tī（寒天）
[3] 冷 lìng；guá（寒）
[4] 大陆 dai liù
[5] 冷飕飕 līng gī gī
[6] 夏天 lua tī（热天）
[7] 风 hōng
[8] 闷 vūn
[9] 三十几度 sā za guī dōu
[10] 空调 līng ki（冷气）

★没……那么 / 那么会……

我 没 你 那么会 说谎[11]。
wā vōu lī hiā nī ēi gōng bei ca wēi

他家 没那么 有钱。
yīn dāo vōu hiā nī wu jí

★不过

不过 我 相信[12] 他。
m gōu wā xiōng xin yī

不过 他 不要 见[13] 你。
m gōu yī vōu ài gi li

[11] 说谎话 gōng bei ca wēi（讲白贼话）
[12] 相信 xiōng xin
[13] 见 gi

30 炒股

台湾 的 股票[1] （有）涨[2]吗?
dāi wán ēi gōu piu wu kì vou

看 你 买 什么，
kuà lī vēi xiā mì

有 的 人 赚[3]；
wū ēi láng tan

有 的 人 亏[4]，
wū ēi láng liào

我 一个 朋友[5] 亏 很多 钱，
wā ji lēi bīng ù liāo zōu je jí

赚 的 都 亏 了，
tan ei lōng liào a

还好[6] 有 房子[7]
hōu gā zai wu cu

可以 收 房租[8]。
ei sāi xiū cù sui

现在 他 不敢 炒股[9] 了。
jīn mài yī m gā sēng gōu piu a

也 没钱 玩 了。
ma vōu jí sèng a

---

1 股票 gōu piu
2 涨 kì（起）
3 赚 tan
4 亏；赔 liào（了）
5 朋友 bīng ù

6 还好 hōu gā zai（好加在）
7 房子 cu（厝）
8 房租 cù sui（厝税）
9 炒股 sēng gōu piu（玩股票）

★……的都……了

煮 的 都 吃完 了！
zù ei lōng jia liào a

喝喜酒[10] 的 都 醉[11] 了！
jia hī jù ēi lōng zui a

★还好 ；幸亏

还好 把 孩子 救[12] 出来。
hōu gā zai da yīn a giu cu lai

还好 没 走 那 条 路[13]。
hōu gā zai vóu giāng hī diāo lōu

[10] 喝喜酒 jia hī jù（吃喜酒）
[11] 醉 zui
[12] 救 giu
[13] 路 lōu

31 选美

这个 人 好 漂亮!
ji lēi láng zōu suì

她 是 选美[1] 出来 的,
yī xi suān vì cu lai ēi

在 美国[2] 长大[3],
di vī gou dua han

去年[4] 才 回来 台湾,
gu ní jiā dèng lāi dāi wán

拍 很多 广告[5],
pà zōu je gōng gou

常常 上 电视[6],
dia dia jiong dian xī

她 笑起来 很 甜[7],
yī qiu ki lai zōu dī

会 说 普通话[8] 英语[9] 法语[10]
ēi hiào gōng gou yì, yīn vén, hua vén

这么 厉害!
jiā ni li hāi

她 会 越 来 越 红。
yī ei lū lái lū áng

---

[1] 选美 suān vì
[2] 美国 vī gou
[3] 长大 dua han（大汉）
[4] 去年 gu ní（旧年）
[5] 广告 gōng gou
[6] 上电视 jiong dian xī
[7] 甜 dī
[8] 普通话 gou yì（国语）
[9] 英语 yīng vén（英文）
[10] 法语 hua vén（法文）

★常常

祖母[11] 常常 去 公园[12] 散步[13]。
ā mà dia dia kī gōng héng sàn bōu

老板[14] 常常 不在[15]。
tāo gēi dia dia vōu dī ēi

★……起来

吃 起 来 很酸[16]。
jia ki lai zōu sēng

听 起 来 很 不 客气[17]。
tiāng ki lai zōu vōu kèi ki

[11] 祖母；外婆；奶奶 ā mà（阿嬷）
[12] 公园 gōng héng
[13] 散步 sàn bōu
[14] 老板 tāo gēi（头家）
[15] 不在 vōu dī ēi（无在的）
[16] 酸 sēng
[17] 客气 kèi ki

32 唱歌比赛[1]

他 很会 唱歌[2]，
yī zōu gāo qiù guā

现在 很 红，
jīn mài zōu áng

他 还 是 学生[3]，
yī ā gōu xi ha xīng

已经 很 有名[4] 了。
yī gīng zōu wu miá ā

你 也 很 喜欢 唱歌，
lī ma zōu ài qiù guā

要不要 参加[5] 比赛[6]？
vēi cān gā bī sai vou

你 也 会 出人头地[7]，
lī ma ei cu táo tī

我 不敢[8] 上台[9]，
wā m gā jiong dái

观众[10] 那么 多，
guān jiong hiā nī jē

还 有 评审[11]，
ā gōu wu cāi puà

还 是 不要[12] 了！
yā xi mai a

---

1 唱歌比赛 guā qiù bī sai（歌唱比赛）
2 唱歌 qiù guā
3 学生 ha xīng
4 有名 wu mía
5 参加 cān gā
6 比赛 bī sai
7 出人头地 cu táo tī（出头天）
8 不敢 m gà
9 上台 jiong dái
10 观众 guān jiong
11 评审 cāi puà（裁判）
12 不要 mai（莫）

★也

若是　我　也会　翻脸[13]。
na xi　wà　ma ei　bì vīn

你　也　淌浑水[14]　了！
lī　ma　liáo lou ki　a

★要不要

这些　花[15]　要不要　浇水[16]？
jiā　huī　vēi　ā zuì　vou

要不要　倒垃圾[17]？
vēi　bòu bùn sou　vou

---

[13] 翻脸 bì vīn（扁脸）
[14] 淌浑水 liáo lou ki（潦落去）
[15] 花 huī
[16] 浇水 ā zuì
[17] 倒垃圾 dòu bùn sou（倒畚帚）

33 大学生[1]

听说[2] 工作[3] 不好 找
tiāng gōng kāng kuì vōu hōu cuī

很多人 毕业[4] 就 失业[5]，
zōu je láng bi ya diu xī ya

你 呢？
lì lei

我 正 在[6] 读 硕士[7]。
wā di ēi ta xī sū

毕业 以后 呢？
bi ya liāo āo lei

出国 读 博士[8]。
cu gou ta pou sū

你 一定 很会 读书[9]。
lī yī ding zōu gāo ta qie

普通[10] 而已，
pōu tōng niá

因为 想要 教书[11]，
yīn wi xiu vēi gà sū

继续[12] 读 比较好。
gèi xiu ta kā hòu

---

1 大学生 dai ha xīng
2 听说 tiāng gōng（听讲）
3 工作 kāng kui（空缺）
4 毕业 bi ya
5 失业 xi ya
6 正在 di ēi
7 硕士 xi sū
8 博士 pou su

9 读书 ta qie（读册）
10 普通 pōu tōng
11 教书 gà qie（教册）；gà sū
12 继续 gèi xiu

★听说

听说　　　他要　离职[13]？
tiāng gōng　yī vēi　lī ji

听说　　　有　车祸[14]　发生。
tiāng gōng　wu　qiā hei　hua xīng

★一定

我们　一定　　会　赢[15]　的！
lān　yī ding　ei　yá　ēi

手机[16]　一定　　掉　　了[17]！
qiū jī à　yī ding　la ki　a

[13] 离职 lī ji
[14] 车祸 qiā hei
[15] 赢 yá
[16] 手机 qiū gī a（手机仔）
[17] 掉了 la kì（落去）

34 咖啡馆

这间　咖啡馆[1]　不错，
ji gīng gā bī guàn vei vài

蓝色[2] 配 白色[3]
nā xi pèi bei xi

很有　希腊 的 感觉，
zōu wu --- ēi gān ga

好几 出 偶像剧 在 这儿 拍[4]，
gū la cu ---- di jiā pa

我 好像[5] 有 印象[6]。
wā qīng qīu wu yìn xiòng

这儿 离 台北 不远[7]，
jiā lī dai ba vōu hēng

很多人　开车　来 这儿，
zōu je láng kuī qiā lāi jiā

一边 喝[8] 咖啡 一边 看 海，
ji bín līng gā bī , ji bín kuà hài

很有　情调[9]。
zōu wu jīng diāo

---

1 咖啡馆 gā bī guàn
2 蓝色 nā xi
3 白色 bei xi
4 拍（戏）pa
5 好像 qīng qiū
6 印象 yìn xiòng
7 远 hēng

8 喝 līn（饮）
9 情调 jīng diāo

★好像

好像　　要　变天[10]　了！
qīng qiū　vēi　biàn tī　ā

好像　　在　做梦[11]。
qīng qiū　dēi　vīn vāng

★一边……一边……

一边　　开车　　一边　　讲电话。
ji bíng　kuī qiā, ji bíng　gōng dian wēi

一边　　写　功课　　　一边　　看　电视
ji bíng　xiā　gōng kou，ji bíng　kuà dian xī

[10] 变天 biàn tī
[11] 做梦 vīn vāng（眠梦）

35 胖子

台北　很多　胖子[1]，
dai ba zōu je dua kōu ēi

每天　都　会　遇到[2]，
mīu gāng lōng ei dù diu

吃　太多，
jia xiū jē

吃　太油[3]，
jia xiū ú

爱　吃　甜，
ài jia dī

又　没　锻炼，
gōu vōu wen dōng

就　会　变　胖[4]。
diu ei biàn dua kōu

很多人　想要　减肥[5]，
zōu je láng xiu vēi giān biú

吃药[6]　开刀[7]　锻炼　节食[8]
jia yōu à, kuī dōu , wen dōng, gei xi

都　没　效[9]。
lōng vōu hāo

[1] 胖子 dua kōu ēi（大块仔）
[2] 遇到 dù diu（堵到）
[3] 太油 xiū ú（稍油）
[4] 胖 dua kōu（大块）
[5] 减肥 giān biú
[6] 吃药 jia yōu à（吃药仔）
[7] 开刀 kuī dōu
[8] 节食 gei xi
[9] 没效 vōu hāo（无效）

★很

真的很[10]　　悲愤[11]！
jīn jià zōu　duī xīn guā

她　的　听力很好[12]。
yī　ēi　hī a zōu lāi

★太

不要　太　伤心[13]。
mài　xiū　xiōng xīn

你　对　孩子　太　凶[14]。
lī　duì　yīn a　xiū　pài

[10] 真的很 jīn jià zōu（真正很）
[11] 气愤；扼腕 duī xīn guā（搥心肝）
[12] 听力很好 hī a zōu lāi（耳朵很利）
[13] 伤心 xiōng xīn
[14] 凶 pài（坏）

36 失眠[1]

昨天 都 在 外面 玩，
záng lōng di wa kào ti tóu

逛街[2]，
xei gēi

买 东西，
vēi mi giāng

跳舞[3]……
tiào vù

回（去）酒店 已经 半夜
dèng kī ben diang yī ging buà méi

很 累[4]。
zōu tiàng

不过 睡不着[5]，
m gōu kùn vei ki

快要 三点 才睡，
dā vēi sā diàng jiā kun

早上[6] 起来 脚 好酸，
zā kì ki lai kā zōu sēng

走不动[7]。
giāng vei dīng dāng

1 失眠 xi vín
2 逛街 xei gēi
3 跳舞 tiào vù
4 累 tiàng
5 睡不着 kùn vei ki（困不去）
6 早上 zā kì（早起）
7 走不动 giāng vēi dīng dāng（行不定动）

★已经

寒假[8] 已经 过 了。
hiù guá yī gīng gui a

已经 暑假[9] 了。
yī gīng hiù luà a

★……不……

太 难吃[10] 吃不下[11]。
xiū pāi jiā jia vei luo

衣服 太 小 件 穿不下[12]。
sā a xiū xèi nià qing vei luo

---

8 寒假 hiù guá（歇寒）
9 暑假 hiù luà（歇热）
10 难吃 pāi jia（坏吃）
11 吃不下 jia vei luo（吃未落）
12 穿不下 qing vei luo（穿未落）

37 出租车

司机[1]，
wèn jiang

这 台 计程车[2] 是 宾士 的，
ji dāi ta kū xi xi ---- ēi

不是 很 耗[3] 油[4]？
m xi zōu xiōng diōng ú

这样 能 赚 吗？
ān nēi gān ei tan

当然 会。
dōng lián ēi

我 每天 都 载不完[5]，
wā mīu gāng lōng zài vei liào

都是 老客户[6]，
lōng xi lāo zū gou

他们 先 跟 我 预订[7]。
yīn xīn da wā zù vún

虽然[8] 我的 车钱 比较 贵，
suī lián wā ēi qiā jí kā gui

花得起[9] 的 人 还是 来 坐。
kā ei kì ēi láng ma xi lāi jē

---

[1] 司机 wèn jiang（外来语）；sū gī
[2] 计程车 ta ku xi（外来语）；kèi līn qiā（出租车）
[3] 耗 xiōng diōng（伤重）
[4] 油 ú
[5] 载不完 zài vei liào（载不了）
[6] 老客户 lāo zū gou（老主顾）
[7] 预订 zù vún（注文）
[8] 虽然 suī lián
[9] 花得起 kāi ei kì

★当然

没　用功[10]　当然　考不上[11]。
vōu　yong gōng　dōng lián　kōu vōu diáo

没用[12]　的　东西　不值钱[13]
vōu lou yōng　ēi　mi giāng　m da jí

★虽然

虽然　很　努力[14]　还是　失败[15]。
suī lián　zōu　gu la，ma xi　xi bāi

虽然　我　不　支援[16]　你……
suī lián　wā　m　jī qí　lī

[10] 用功 yong gōng
[11] 考不上 kōu vōu diáo（考否到）
[12] 没用 vōu lou yōng（无路用）
[13] 不值钱 m da（不值）
[14] 努力 gu lai（骨力）
[15] 失败 xī bāi
[16] 支援 jī qí

38 捷运

今天 去 哪儿 玩?
giāng kī dòu wī qī tóu

随便 都 可以。
qìng cài lōng ei sai

先去 红树林 看 鸟[1],
xīn kī āng qiu ná kuà qiāo a

再去 淡水 看 海[2]。
jiā kī dan zuì kuà hài

好啊!
hòu a

坐 捷运 去 很 方便。
jē --- kì zōu hōng biān

要 坐 多久?
ài jē lua gù

三十 分钟[3] 而已[4]。
sā za hūn jīng niá

有 位子[5] 吗?
wu wī vou

不必 担心!
miān huān lòu

---

[1] 鸟 qiāo a(鸟仔)
[2] 海 hài

[3] 分钟 hūn jīng
[4] 而已 niá
[5] 位子 wī(位)

★随便

她 穿得 很 随便[6]。
yī qing gā zōu qìng cài

我 随便 炒 几个 菜[7]。
wā qìng cài cā guī ēi cai

★……而已

我 只有 一个 钻戒[8] 而已。
wā gān nā ji lēi suan jiù niá

浪费[9] 一点点儿 而已。
long hui ji diāng diāng a niá

---

[6] 随便 qīng cài
[7] 点菜 diāng cai
[8] 钻戒 suan jiù（钻石）
[9] 浪费 long hui

39 高铁

你们 要 去 哪儿?
līn vēi kī dòu wī

我们 全家[1] 要 去 玩,
wēn zuān gēi vēi kī qi tóu

坐 高铁[2] 到 高雄[3]。
jē gōu ti kī gōu hióng

你 呢?
lì lei

我 去 台中[4] 出差[5],
wā kī dāi diōng cu cāi

五十 分钟 就 到 了,
gou za hūn jīng diu gao a

比较 节省[6] 时间[7],
kā xīng xī gān

坐起来[8] 又 舒服,
jē ki lai gōu sù xī

自己 开车 要 两小时,
gā gī kuī qiā ài leng diāng jīng

遇到 塞车 就 不止[9] 了。
dū diu ta jiā diu m diá a

1 全家 zuān gēi
2 高铁 gōu ti
3 高雄 gōu hióng
4 台中 dāi diōng
5 出差 cu cāi

6 节省 xīng（省）/ xìng
7 时间 xī gān
8 坐起来 jē ki lai
9 不止 m diá

★要去……

他 要 去 学做菜[10]。
yī vēi kī ou zū jia

我的 弟弟[11] 要 去 留学[12]。
wā ēi xiū dī vēi kī liū ha

★到

别 着急[13]，快到了！
mài diu gi，vēi gao a

从[14] 这儿 到 那儿。
duī jiā gào hiā

---

[10] 学做菜 ou zū jia（学煮吃）
[11] 弟弟 xiū dī（细弟）
[12] 留学 liū ha
[13] 着急 diu gi
[14] 从 duī

40 有钱人

住 这儿 的 都是 有钱人[1]。
duà jiā ēi lōng xi hōu ya láng

每套 房子[2] 都 很 贵。
mīu gīng cu lōng zōu gui

什么人 住在 这儿?
xiā mī láng duà di jiā

有头有脸[3] 的 人,
wu táo wu vīn ēi láng

他们 住 别墅[4],
yīn duà bei zōng

开 外国[5] 车,
kuī wa gōu qiā

买 名牌[6],
vēi mīng bái

吃 山珍海味[7]……
jia sān dīng hāi vī

真[8] 好命[9]!
jīn hōu miā

真 羡慕[10]!
jīn hīn xīan

---

[1] 有钱人 hōu ya láng
[2] 每套房子 mīu gīng cu(每间厝)
[3] 有头有脸 wu táo wu vīn(有头有面)
[4] 别墅 bei zōng
[5] 外国 wa gou
[6] 名牌 mīng bái
[7] 山珍海味 sān dīng hāi vī
[8] 真 jīn
[9] 好命 hōu mia
[10] 羡慕 hīn xiān

★都……

都　搞混[11]　了！
lōng vu sà sa a

都　白忙活[12]　了！
lōng vōu cāi gāng a

★真……

他　真　过份[13]！
yī jīn qāio gui

你　真　老实[14]。
lì jīn lāo xi

[11] 搞混 vu sà sa（雾撒撒）
[12] 白忙活 vōu cāi gāng（否睬工）
[13] 过份 qiāo gui（超过）
[14] 老实 lāo xi

41 漫画书

现在 迷[1] 漫画书[2] 的人 很多
jīn mài vēi āng ā qie ēi láng zōu jē

为什么 呢?
w xiā mì lei

好 看 啊!
hōu kuà a

你 可以 租 回去 看,
lī ei sāi zōu dèng kī kuà

也 可以 在 这儿 看。
ma ei sāi di jiā kua

看 一小时 付 一小时 钱
kuà ji diāng jīng ,hù ji diāng jīng jí

饮料[3] 都 免费[4]。
yīn liāo lōng miān jí

不只 学生,
m diá ha xīn

上班族[5] 也 爱 看,
xiong bān ēi ma ài kuà

有的人 整晚[6] 都 在这儿
wu ēi láng guī an lōng di jiā

---

1 迷 vēi
2 漫画书 āng ā qie（尪仔册）
3 饮料 yīn liāo
4 免费 miān jí（免钱）
5 上班族 xiong bān ē（上班的）
6 整晚 guī an

★可以……也可以……

可以　付　现金[7]　　也　可以　贷款[8]。
ei sāi　hù　hian gīn ,ma　ei sai　dai kuàn

可以　左边[9]　　也　可以　右边[10]。
ei sāi　dòu bíng ,ma　ei sāi　jià bíng

★不只

她的　行李[11]　不只　这些。
yī ēi　hīng lì　m diá　jiā

电话费[12]　不只　一万元[13]。
dian wei jí　m dia　ji van kōu

---

[7] 现金 hian gīn
[8] 贷款 dai kuàn
[9] 左边 dòu bíng（倒边）
[10] 右边 jià bíng（正边）
[11] 行李 hīng lì
[12] 电话费 dian wei jí（电话钱）
[13] 一万元 ji van kōu（一万块）

42 台菜

请吃！
qiā jiā

这些 都是 有名 的 台菜[1]，
jiā lōng xi wu miá ēi dāi cai

不要 客气！
mài kèi ki

台菜 比较 清淡[2]，
dāi cai kā jià

可能 不合 你的 胃口[3]，
kōu líng vōu ha lī ēi wi kào

不要 这么 说，
mài ān nēi gòng

1 台菜 dāi cai
2 清淡 jià
3 胃口 wi kào

我 平常[4] 吃 太油，
wā bīng xiōng xí jia xiū ú

又 太 咸[5]，
gōu xiū gián

口味[6] 较 重[7]，
kāo vī kā dāng

清淡点儿 比较 健康[8]。
kā jià kā gen kōng

4 平常 bīng xiōng xí（平常时）
5 咸 gián
6 口味 kāo vī
7 重 dāng
8 健康 gen kōng

★请

请　大声[9]　说。
qiā　dua xiā　gòng

请　不要　吵！
qiā　mài　cà

★可能

你　可能　搞错[10]　了。
lī　kōu líng　gao m diù　a

我　可能　生病[11]　了。
wā　kōu líng　puà bēi　a

---

[9] 大声 dua xiā（大嗓）
[10] 搞错 gao m diù（搞不对）
[11] 生病 puà bēi（破病）

43 整型

你变　漂亮了，
lī biàn suì a

脸[1]变　比较　小。
vīn biàn kā xèi-éi

老实　跟你说，
lāo xi da lī gòng

我去整型[2]　了！
wā kī jīng lióng a

真的[3]？
jīn ēi

我还　要去。
wā ā gōu vēi ki

干什么？
còng xiā mì

到时　你就　知道。
gào xí lī diu zāi

下次[4]　我再　遇见　你，
ao bài wā gōu dū diu lì

应该　认不出来　了。
yìng gāi lin vei cuai a

---

[1] 脸 vīn
[2] 整型 jīng lióng（整容）
[3] 真的 jīn ēi

[4] 下次 ao bài（后遍）

★下次

下次　　不 敢[5] 了！
ao bài　m　gà　a

下次　　才 还[6]　你。
ao bài　jiā　híng　lī

★到时

到时　　你 就　死定了[7]！
gào xí　lī　diu　zāi xì a

到时　　就　完了[8]
gào xí　diu　kì liāo liāo a

---

5 不敢 m gà
6 还（东西）híng
7 死定了 zāi xì a（知死了）
8 完了 kì liāo liào（去了了）

44 酒吧

这间　酒吧[1] 是 美国人　　开的
ji gīng jū bā xi vī gou láng kuī ēi

每天[2]　　都有　　很多　　老外[3]，
mīu gāng lōng wu zōu je a dōu a

下次　　带　你 去　别家，
ao bài cua lī kī ba gīng

有　　现场[4]　　表演[5]　　的，
wu hian diú biāo èn ei

常常　　有　　艺人[6] 去　喝酒，
dia dia wu ēn ēi kì līn jù

我　看过　　好几个[7]。
wā kuà guì gu la éi

店　　在 哪儿?
diang di dōu wī

我们 上次[8]　　吃饭　　那儿。
lān dīng bài jia bēn hiā

你 一定　　要 带　　我 去，
lī yī ding ài cua wā ki

我　想要　　看　　明星[9]。
wā xiu vēi kuà mīng qī

---

1 酒吧 jū bā
2 每天 mīu gāng
3 老外 a dōu a（阿陡仔）
4 现场 hian diú
5 表演 biāo èn
6 艺人 ēn ēi（演艺）
7 好几个 gū la éi

8 上次 dīng bài（顶遍）
9 明星 mīng qī

★在

你的　店[10]　在哪里？
lī ēi diang di dòu wī

我的狗　在他家。
wā ēi gāo a di yīn dāo

★想要

她想要　谈恋爱[11]。
yī xiu vēi dān luān ai

很多人　不要　毕业。
zōu je láng vōu ài bi ya

[10] 店 diang
[11] 谈恋爱 dān luān ai

45 西门町

西门町[1] 到 了！
xēi vēn dīng gao a

都是 年轻人[2]，
lōng xi xiào lián ēi

这儿 的 东西 比较 流行，
jiā ēi mi giāng kā liū híng

买 东西 的 都是 学生，
vēi mi giāng ēi lōng xi ha xīng

巷子里[3] 有 很多 怪店，
hāng ā lāi wu zōu je guài diang

卖 一些 奇奇怪怪[4] 的，
vei ji guā gī gī guài guai ei

很有 意思。
zōu wu yì su

店面[5] 的 房租 很 贵，
diàng vīn ēi cù sui zōu gui

小小一间，
xèi xèi gīng a

房租 几 十 万[6]。
cù sui gu la za vān

1 西门町 xēi vēn dīng
2 年轻人 xiào lián ēi（少年仔）
3 巷子里 hāng ā lāi（巷仔里）
4 奇奇怪怪 gī gī guài guai

5 店面 diàng vīn
6 几十万 gu la za vān

★到了

过年　到　了！
guì ní　gao　a

我　家　到　了！
wēn　dāo　gao　a

★一些

有　一些　题目[7]　不会　写。
wu　ji guā　dēi vou　vēi hiào　xià

剩　一些　明天　吃。
cūn　ji guā　miā zai　jià

[7] 题目 dēi vou

46 刺青[1]

我 想要 去 西门町
wā xiu viē kī xēi vēn dīng

刺[2] 一朵花[3] 在 脖子 后面
qià ji nuī huī di ām ā gùn ao bià

应该 不错！
yìng gāi vei vài

听说 很 痛，
tiāng gōng zōu tiang

你 受得了[4] 吗？
lī gān dòng ei diáo

你不是 连 打针[5] 都会 怕？
li m xi lian zù xiā lōng ei giāng

如果 看烦了[6] 怎么办？
na kuà xiān ā vēi ān zuà

要 怎么 除掉[7]？
vēi ān zuà dū diāo

我 没 想过。
wā vōu xiū gui

---

1 刺青 qià lióng qià hòu（刺龙刺虎）
2 刺 qià
3 一朵花 ji nuī huī
4 受得了 dòng ei diáo（挡得着）
5 打针 zù xiā（注射）
6 看烦了 kuà xiān a
7 除掉 dū diāo

★不是连……

你 不是 连 他 都 不理[8] 了 吗？
lī m xi lian yī lōng vuāi ca a

他 不是 连 书 都 不 读 了 吗？
yī m xi lian qie lōng m ta a

★要怎么

要 怎么 说 呢？
vēi ān zuà gòng lei

要 怎么 打开[9] 这个 箱子？
vēi ān zuà pà kuī ji lēi xiū à

---

8 不理 vuāi ca（不睬）
9 打开 pà kuī（拍开）

47 猫猫狗狗

我 有 一只 猫猫[1],
wā wu ji jiā niāo à

花 很多 钱 买 的。
kāi zōu je jí vèi ei

它 非常[2] 乖,
yī wu gào guāi

每天 跟 我 睡,
mīu gāng ga wā kun

喜欢 （给）我 抱[3]。
ài hou wā pōu

你 呢?
lì lei

我 养[4] 狗狗[5],
wā qi gāo a

在 路边[6] 拣[7] 的,
di lou bī kiu ei

它 很 聪明 的,
yī zōu kiào ei

什么 事 教[8]一遍 就 会
xiā mī dai ji gà ji bian diu ē hiào

---

1 猫猫 niāo a（猫仔）
2 非常 wu gào（有够）
3 抱 pōu

4 养 qi
5 狗狗 gāo a（狗仔）
6 路边 lou bī
7 拣 kiu
8 教 gà

★非常

票[9] 非常 贵。
piu wu gào gui

车子 非常 脏 还没[10] 洗 好。
qiā wu gào là sa , yā vēi xēi hòu

★……的

这部车[11] 不是 爸爸 的。
ji dai qiā m xi bā ba éi

这儿 听 谁 的？
jiā tiāng xiā láng ēi

[9] 票 piu
[10] 还没 yā vēi（还未）
[11] 这部车 ji dāi qiā（这台车）

48 婚纱照

有人 拍 婚纱照[1]！
wu láng hi gēi hūn xiōng

他们 好像 是 香港人[2]，
yī gān nā xi hiōng gāng láng

新郎[3] 新娘[4] 讲 广东话[5]
xīn lóng xīn niú gōng gēng dāng wēi

为什么 要 来 台北 拍？
wi xiā mì ài lái dai ba hi

风景 比较 漂亮，
hōng gìng kā suì

顺便[6] 在 台北 玩，
sun suà di dai ba qi tóu

这样 比较 划算[7]。
ān nēi kā ei hóu

上海 也有 台北 这间 店。
---- ma wū daiba ji gīng diang

听说 不 便宜？
tiāng gōng vou xiù

比 台北 贵。
bī dai ba gui

---

[1] 婚纱照 gēi hūn xiōng（结婚像）
[2] 香港人 hiōng gāng láng（香港郎）
[3] 新郎 xīn lóng
[4] 新娘 xīn niú
[5] 广东话 gēng dāng wēi
[6] 顺便 sun suà
[7] 划算 ei hóu（会合）

★这样

你 这个 人 怎么这样？
lī ji lēi láng nài ei ān nēi

这个 问题 就 这样 解决[8]。
ji lēi vun déi diu ān nēi gāi gua

★顺便

我 顺便 来 接[9] 妳。
wā sun suà lāi jia lī

经过[10] 顺便 就 买 了
gīng gui sun suà diu vèi a

[8] 解决 gāi gua
[9] 接 jia
[10] 经过 gīng gui

49 吃海鲜[1]

台湾 是 海岛[2]，
dāiwán xi hāi dòu

四处[3] 都 有 海鲜餐厅，
xì gui lōng wu hāi sàn cān tiāng

都是 吃活 的[4]，
lōng xi jia wà ei

螃蟹[5] 虾子[6] 鱼 蛤蜊[7]……
jīn mà , hēi à , hī à , lā à

什么 都有，
xiā mì lōng wū

怎么煮[8] 都 可以，
ān zuā zù lōng ei sai

随便[9] 客人 口味，
suī zai lāng kèi kāo vī

吃海鲜 一定 要 配 啤酒[10]，
jia hāi sàn yī ding ài pèi viē ā jù

冰 的 才 够劲[11]，
bīng ēi jiā gào kui

这样 最 爽快[12]！
ān nēi xiong sòng

---

[1] 海鲜 hāi sàn（海产）
[2] 海岛 hāi dòu
[3] 四处 xì gui（四过）
[4] 活的 wà ei
[5] 螃蟹 jīn mà
[6] 虾子 hēi à
[7] 蛤蜊 lā à
[8] 煮 zù

[9] 随便 suī zai（随在）
[10] 啤酒 vēi ā jù（麦仔酒）；vì lu（外来语）
[11] 够劲 gào kui（够气）
[12] 爽快 sòng（爽）

★怎么……

怎么　改成[13]　这样？
nài　gāi xīng　ān nēi

怎么　不　说一声[14]　就　走　了？
nāi　vōu　gòng ji xiā　diu　zào　a

★都可以

坐　什么　车　都　可以。
je　xiā mī　qiā　lōng　ei sai

什么　色[15]　都　可以。
xiā mī　xi　lōng　ei sai

---

[13] 改成 gāi xīng
[14] 一声 ji xiā
[15] 色；颜色 xi

50 洗温泉

北投[1] 很多 温泉[2] 餐厅，
ba dáo zōu je wēn zuá cān tiāng

吃饭 兼[3] 洗[4] 温泉。
jia bēn giān xēi wēn zuá

你 为什么 爱 来 这儿？
lī wi xiā mì ài lāi jiā

我 本来 也没 兴趣[5]，
wā būn lái ma vōu hìng cu

洗 一遍 之后，
xē ji bian lāo āo

全身 很 轻松[6]，
guī xīn kū zōu kīng sāng

晚上 很 好睡。
àn xí zōu hōu kun

听 你 这么说，
tiāng lī ān nēi gòng

我 也 应该 试试看[7]，
wā ma yìng gāi qì kuà māi

因为 我 会 失眠。
yīn wi wā ei xi vín

---

[1] 北投 ba dáo
[2] 温泉 wén zuá
[3] 兼 giān
[4] 洗 xēi；xèi
[5] 兴趣 hìng cu
[6] 轻松 kīng sāng
[7] 试试看 qì kuà māi

★……兼……

他 是 老板 兼 伙计[8]。
yī xi tāo gēi giān xīn lóu

她 现在 是 姐姐[9] 兼 妈妈。
yī jīn mài xi jiē jie giān mā ma

★本来

本来 我 都 想不通[10]。
būn lái wā lōng xiu vóu

我 本来 想要 吓[11] 你。
wā būn lái xiu vēi hèi giāng lī

[8] 夥计 xīn lóu（辛劳）
[9] 姐姐 jiē jie
[10] 想不通；想不懂 xiu vóu（想否）
[11] 吓 hèi giāng（吓惊）

51 夜景

台北　的 夜景[1]　好　漂亮 啊！
dai ba ēi ya gìng zōu suì ei

以前[2] 我们 都　去 阳明山 看，
yī jíng wēn lōng kī ----- kua

有　101　以后，
wu --- liā ao

大家　改[3] 来　这儿 了。
da gēi gāi lāi jiā a

两个　地方　比起来[4] 怎样？
leng éi sōu zai bì ki lai ān zuà

完全　不一样[5]，
wān zuán vōu gang kuàn

阳明山 比较　清静，
----- kā qīng jīng

是 约会[6]　的 地方；
xi yōu huī ēi sōu zāi

101 在　热闹　的 地方，
--- di lao lei ēi sōu zāi

来 的 都是　观光[7]　的。
lái ēi lōng xi kuān gōng ēi

---

[1] 夜景 ya gìng
[2] 以前 yī jíng
[3] 改 gài
[4] 比起来 bì ki lai
[5] 不一样 vōu gan kuàn（否同款）
[6] 约会 yōu huī
[7] 观光 guān gōng

★以前

以前　我　喜欢　喷[8]　香水[9]。
yī jíng　wā　ài　pùn　pāng zuì

我　记得[10]　她 很　幸福[11]。
wā　ei gì ēi　yī　zōu　hing hou

★有……以后

有　钱　以后　就　做怪。
wu　jí　liāo āo　diu　bì gāo lāng

有　孩子　以后　就　很　省[12]。
wu　yīn ā　liāo āo　diu　zōu　xìng

---

[8] 喷 pùn / pun
[9] 香水 pāng zuì（芳水）
[10] 记得 ei gì ēi（会记的）
[11] 幸福 hīng hou
[12] 省（钱）xìng

52 泡茶 [1]

不好意思，
pāi xei

让　你们 等。
hou līn　dàn

没关系
vōu yào gìn

你 喝　什么　茶?
lī　līn　xiā mī　déi

和　你　一样[2]。
gā　līn　gang Kuàn

这间　茶艺馆　挺[3]　有　名。
ji gīng　-----　bū jiā　wu　miá

我　常常　来，
wā　dia dia　lái

结果[4]　与 老板[5]　变　朋友[6]，
gei gòu　gā　tāo gēi　biàn　bīng ù

今天　他 不在，
giāng　yī　vōu dī ēi

不然　可以　介绍[7]　你们 认识。
vóu　ei sāi　gài xiao　līn　xi sāi

---

[1] 泡茶 pào déi
[2] 一样 gang kuàn（同款）
[3] 挺 bū jiā

---

[4] 结果 gei gòu
[5] 老板 tāo gēi（头家）
[6] 朋友 bīng ù
[7] 介绍 gài xiao

★让（人）……

他　让　我　很难　拒绝[8]。
yī　hou　wā　zōu pāi　gu zua

她的　脾气[9]　让　他　很　痛苦[10]。
yī ēi　pī ki　hou　yī　zōu　tòng kòu

★和……（不）一样

她　穿的　礼服[11]　跟　你　一样。
yī　qīng ēi　lēi hou　gā　lī　gang kuàn

他的　看法[12]　和　教授　不一样。
yī ēi　kuà huan　gā　gào xū　vōu gan kuàn

[8] 拒绝 gu zua
[9] 脾气 pī ki
[10] 痛苦 tòng kòu
[11] 礼服 lēi hou
[12] 看法 kuà huan

53 水果

你吃过 台湾的 水果[1] 吗?
lī jia guì dāiwán ēi zuī gòu vou

莲雾[2]。
liān vū

你买 的吗?
gān lī vèi ei

朋友 请 我 吃 的。
bīng ù qiā wā jiā ēi

你 觉得[3] 好吃 吗?
lī gān ga hōu jia vou

甜甜 的,
dī dī ēi

很 有 水份[4],
zōu wu zuī hūn

在 上海 贵,
di --- gui

在 台湾 便宜,
di dāiwán xiù

没 多少 钱。
vōu lua je jí

[1] 水果 zuī gòu
[2] 莲雾 liān vu
[3] 觉得 gān ga（感觉）

[4] 水份 zuī hūn

★觉得

我　觉得　　他　靠不住[5]。
wā　gān ga　yī　vei kou ji

房客[6]　觉得　　房租　　太　高。
cù kā　gān ga　cù sui　xiū　guán

★没多少

我　没多少　　　经验[7]。
wā　vōu lua je　jīng yāng

没多少　　　人　　排队[8]。
vóu lua je　láng　bāi diū

[5] 靠不住 vei kou ji（未靠得）
[6] 房客 cù kā（厝脚）
[7] 经验 gīng yāng
[8] 排队 bāi diū

54 杀蛇

这个 夜市 很多 蛇肉[1] 店，
jī lei ya qī à zōu je zuā va diang

你 看 他 在 杀[2]蛇！
lī kuà yī dēi tāi zuá

很 恐怖[3]！
zōu kiōng bou

很多人 不敢[4]看 不敢吃。
zōu je láng m gā gua m gā jia

我 吃 过，
wā jia gui

一开始[5] 也 不敢，
ji kāi xì ma m gà

喝一口[6] 以后 就 不会怕 了！
līn ji cui liāo ao diu m giāng ā

它 是 掺 中药[7] 炖[8] 的，
yī xi cān diōng yōu dūn ēi

好像 在 吃 补药[9]，
qīng qiu dēi jia bòu

听说 可以 解毒[10]。
tiāng gōng ei sāi gāi dou

---

[1] 蛇肉 zuá va
[2] 杀 tāi
[3] 恐怖 kiōng bou
[4] 不敢 m gà
[5] 开始 kāi xì
[6] 一口 ji cui（一嘴）
[7] 中药 diōng yōu
[8] 炖 dūn
[9] 补药 bòu（补）
[10] 解毒 gāi dou

★不敢

他 不敢 跟 外国人[11] 讲 英语。
yī m gā gā wa gōu láng gōng yīng vún

她 不敢 一个人 回家[12]
yī m gā ji lei láng dèng ki

★一开始

一开始 就 有 问题。
ji kāi xì diu wu vun déi

一开始 我 也 被骗。
ji kāi xì wā ma hōu piàn

[11] 外国人 wa gōu láng（外国郎）
[12] 回家；回去 dèng ki

55 问路

你 怎么 这么[1] 晚 回来?
lī nài jiā ni an dèng lai

我 以为 你 失踪[2] 了,
wā yī wi lī xi zōng ā

大家 都 很 着急[3]。
da gēi lōng zōu diu gi

我 迷路[4] 了!
wā giāng m zāi lōu ā

后来[5] 呢?
āo lai lei

我 问路[6]。
wā ven lōu

怎么 不 坐 出租车?
nài m je ta kū xi

我 顺便 走走看看[7]。
wā sun suà giāng giáng kuà kua

会 累 吗?
gān ei tiàng

脚 好 酸……
kā zōu sēng

[1] 怎么这么 nài jiā ni
[2] 失踪 pàng ki; xi zōng
[3] 着急 diu gi
[4] 迷路 giāng m zāi lōu（行不知路）
[5] 后来 āo lai
[6] 问路 ven lōu

[7] 走走看看 giang giáng kuà kua（行行看看）

★以为

大家　以为　妳　生孩子[8]　了。
da gēi　yī wi　lī　xēi giàng　a

你　以为　拜托[9]　他　有效[10]？
lī　yī wi　bài tou　yī　wu hāo

★会……吗

她　会　嫁[11]　给　你　吗？
yī　gān　ei　gèi　hou　lī

你　会　救[12]　仇人[13]　吗？
lī　gān　ei　giù　xú lín

[8] 生孩子 xēi giàng
[9] 拜托 bài tou
[10] 有效 wu hāo
[11] 嫁 gèi / gei
[12] 救 giu
[13] 仇人 xū lín

56 保养品

你 的 皮肤[1] 怎么这么 好?
lī ei pēi hū nài jiā ni hòu

白嫩[2],
bei pāo pāo

细致[3]……
ù mī mī

天生[4] 的?
bei vù xē xíng ēi

还是 保养[5] 的?
ya xi bōu yòng ēi

常常 做美容[6] 吗?
gān dia dia zòu vīn

没有 啦!
vóu la

我 把 脸 洗得 很 彻底[7],
wā da vīn xēi gā zōu gāng hū

再 用 保养品[8],
jiā yong bōu yōng pìng

这样 而已。
ān nēi niá

1 皮肤 pēi hū
2 白嫩 bei pāo pāo(白泡泡)
3 细致 ù mī mī(幼绵绵)
4 天生的 bei vù xē xíng ēi(父母生成的)
5 保养 bōu yòng
6 做美容 zòu vīn(做脸)

7 很彻底 zōu gāng hū(很功夫)
8 保养品 bōu yòng pìng

★只是

只是 点个头[9] 而已。
jī xi tìng ji lēi táo niá

我 只是 配合[10] 他们。
wā jī xi pèi ha yīn

★……很彻底（很下功夫）

他 把 家里 打扫 得 很 彻底。
yī da zù lāi bià gā zōu gāng hū

他 研究[11] 这个 很彻底。
yī yān giù jē zōu gāng hū

[9] 点个头 tìng ji lēi táo（点一个头）
[10] 配合 pèi ha
[11] 研究 yān giu

57 牛肉面

这 碗[1] 牛肉面[2] 好 香[3]！
ji wàn gū và mī zōu pāng

汤头[4] 好，
tēng táo hòu

肉 又 大块[5]，
va gōu dua dei

是 我 吃 过 最[6] 好吃 的。
xi wā jia gui xiong hōu jia ēi

当然 了，
dōng lián lou

这 间 店 很 有名，
ji gīng diang zōu wu miá

比赛 得 冠军[7] 的，
bī sai diu guān gūn ēi

台北人[8] 都 知道，
dai ba láng lōng zāi yàng

你 看 都 客满[9] 了，
lī kuà lōng kèi muà a

老外 也 来 吃。
a dōu a ma lāi jia

---

1 碗 wà
2 牛肉面 gū và mī
3 香 pāng（芳）
4 汤头 tēng táo
5 大块 dua dei
6 最 xiong（尚）
7 冠军 guān gūn
8 台北人 dai bā láng
9 客满 kèi muà

★最

我 最 不想要 看 到 她。
wā xiong vōu ài kuà diu yī

最 无聊[10] 的 电影。
xiong vou liáo ēi dian yà

★你看

你 看 她 又 打翻[11] 了。
lī kuà yī gōu qiā dòu a

你 看 我 的 奥运 金牌[12]！
lī kuà wā ēi --- gīn bái

[10] 无聊 vōu liáo
[11] 打翻 qiā dòu（掐倒）
[12] 金牌 gīn bái

58 公仔

好　多　公仔[1]，
zōu jē āng a

好　可爱　　啊！
zōu gōu zuī　ēi

好　好玩[2]　　啊！
zōu hōu sèng ei

它们 是 真的 还是 仿的[3]
yīn　xi jīn ēi ya xi hòng ei

都　是 真的。
lōng xi jīn ēi

路边摊　　与 夜市　 的 呢？
lou bī dā a gā ya qī ā ei lei

那种　　应该　　是 假的[4]。
hī jiòng yìng gāi xi gèi ei

这样　喔！
ān nēi ou

如果 不会 很　贵，
na　vei zōu gui

我 买一个　当做[5]　纪念品[6]。
wā vēi ji lēi dòng zòu gì liang pìng

---

[1] 公仔 āng-à（尪仔）
[2] 玩 sèng
[3] 仿的 hòng e
[4] 假的 gèi e
[5] 当做 dòng zòu
[6] 纪念品 gì liang pìng

★还是

我们 还是 别再 追[7] 了。
lān ya xī mài gōu duī a

这 毛巾[8] 是 妳的 还是 我的？
jē vin gīn xi lī éi ya xi wā éi

★当做

当作 我 送 的 生日礼物[9]。
dòng zòu wā sàng ēi xēi li lēi vū

当做 不认识。
dòng zòu m xi sāi

[7] 追 duī；you
[8] 毛巾 vin gīn（面巾）
[9] 生日礼物 xēi li lēi vū

59 日本料理

我们 去吃 日本料理[1] 好吗?
lān kī jia li būn liao lì hòu vou

哪一家[2]
dòu ji gīng

有钱人 去 的 那家。
wu jī láng ki ei hī gīng

你 要 请 我?
lī vēi jià wa

不要 这样 啦!
mài ān nēi la

不然 吃 铁板烧 还是 寿司[3]?
vóu jia ----- ya xi sū xi

那一种 比较 好吃?
dòu ji kuàn kā hōu jia

差不多。
cā bū dōu

涮涮锅[4] 好了,
xiā bū xiā bū hòu a

很久 没吃。
zōu gù vōu jià

1 日本料理 li būn liao lì
2 哪一家 dòu ji gīng
3 寿司 sū xi（日语）

4 涮涮锅 xiā bū xiā bu（日语）

★不然

不然 算了[5]！
vóu suà suà qi

不然 叫[6] 人 来 评理[7]。
vóu giù lāng lāi bīng lì

★……好了

我 赔[8] 你 好了。
wā béi lī hòu a

我们 下山[9] 好了。
lān lou suā hòu a

---

[5] 算了 suà suà qi
[6] 叫 giù / giu
[7] 评理 bīng lì
[8] 赔 béi
[9] 下山 lou suā（落山）

60 算命[1]

你 算 过 命 没有?
lī sèng guì miā vou

当然 有,
dōng lián wū

而且[2] 好几次[3]。
li qiā gu la bài

哪里 有 算命师[4]?
dòu yā wu sèng mia xiān

四处 都 有,
xì gui lōng wū

但是 有 的 准[5],
dan xi wū ēi zùn

有 的 不准[6]。
wū ēi vōu zùn

不准 不是 浪费钱[7] 吗?
vōu zùn m xi gēi kāi jí

算 好玩 的 啦!
sèng hōu sèng ei la

不用 太 认真[8]。
mài xiū lin jīn

[1] 算命 sèng miā
[2] 而且 li qiā
[3] 好几次 gu la bài
[4] 算命师 sèng mia xiān（算命仙）
[5] 准 zùn
[6] 不准 vōu zùn（无准）
[7] 浪费钱 gēi kāi jí（加花钱）
[8] 认真 lin jīn

★有的……有的……

有的　好　有的　坏。
wū ēi hòu , wū ēi vài

有的　做好了　有的　还没。
wū ēi zòu hòu a , wū ēi ya vēi

★不用太……；不必太……

不用　太　紧张[9]。
mài xiū gīn diōng

不必　太　保护[10]　孩子。
mài xiū bōu hou yīn a

[9] 紧张 gīn diōng
[10] 保护 bōu hou

61 卡拉OK

你 要 唱 什么 歌？
lī vēi qiù xiā mī guā

台语 的 都 可以，
dāi yì ei lōng ei sai

广东的 没办法[1]。
gēng dāng ēi vōu huā dōu

我 跟 你 不一样[2]，
wā gā lī vōu gang kuàn

我 会 广东歌，
wā ei hiào gēng dang guā

你 是 广东人 吗？
lī gān xi gēng dang láng

不是，
m xī

我 学 的，
wā òu ei

只 会 唱歌[3]，
gān nā ei hiào qiū guā

不会 听[4] 也 不会 讲。
vei hiào tiāng ma vei hiào gòng

[1] 没办法 vou huā dōu（否法度）
[2] 不一样 vōu gang kuàn（否同款）

[3] 唱歌 qiù guā
[4] 听 tiāng

★没办法

这种　贱招[5]　我　没办法　应付。
ji kuān　ào bōu　wā　vōu hua dōu yìng hu

没办法　的　事　很多。
vóu hua dōu　ēi　dai ji　zōu jē

★不一样

她　每天　穿的　都　不　一样。
yī　mīu gāng　qīng ēi　lōng vōu gang kuàn

他　前后[6]　说　的　不一样。
yī　jīng āo　gòng　ēi　vōu gang kuàn

[5] 贱招 ào bōu（烂步）
[6] 前后 jing ao

62 夜生活[1]

台北　有的　店　　24　小时，
dai ba wū ēi　diang　li xì　xiū xí

越　晚　生意　　越　好，
lū　wa　xīng lì　lū　hòu

因为　　夜猫子[2]　　　很多，
yīn wi　àn gōng jiào　zōu jē

大部份[3]　　　是　年轻人。
dai bou hūn　xi　xiào lián ēi

他们　不　睡觉　在　做什么？
yīn　m　kun　dēi　còng xiā mì

跟　朋友　　在一起[4]，
gā　bīng ù　zòu huì

到处走[5]，
pā pā zào

到处混[6]……
la la sóu

有的　在家，
wu ēi　di cu

也是　　很　　晚睡[7]。
ma xi　zōu　àn kun

1 夜生活 ya xīng wa
2 夜猫子 àn gōng jiào（暗光鸟）
3 大部份 dai bou hūn
4 在一起 zòu huì（做伙）
5 到处走 pā pā zào（趴趴走）
6 到处混 la la sóu
7 晚睡 àn kun（暗困）

★大部份

大部份　　都可以　　杀价[8]。
dai bou hūn　lōng ei sāi　huà gei

大部份　　的　人　　去　游泳[9]。
dai bou hūn　ēi　láng　kī　ū yìng

★（在）一起

他们　一起　　被　　关[10]。
yīn　zòu huī　hou　guāi

我　跟　同学[11]　　在一起。
wā　gā　dōng òu　zòu huì

---

[8] 杀价 huà gei（喊价）
[9] 游泳 ū yìng
[10] 关 guāi
[11] 同学 dōng òu

63 看病

我　不舒服[1]。
wā vōu sōng kuai

哪里　　痛？
dòu yā tiang

肚子[2]　痛、
ba dòu tiang

头晕　想　　吐、
tāo hín xiu vēi tou

发冷[3]……
wì guá

我看你　感冒[4]　发烧[5]　了
wā kuà lī gān mōu hua xiū a

我 有　药，
wā wu yōu à

你 先　吃看看，
lī xīn jia kuà māi

如果 没效，
na　vōu hāo

带[6] 你 去 医院[7]　看医生。
cua lī kī bei yīn kuà yī xīng

---

1 不舒服 vōu sōng kuai（不爽快）
2 肚子 ba dòu（腹肚）
3 发冷 wì guá（畏寒）
4 感冒 gān mōu
5 发烧 hua xiū
6 带（人）cua
7 医院 bei yīn（病院）

★先

你 先　回家　　好了！
lī　xīn　dèng ki　hòu a

大家　　先　　下车[8]　好　　了！
da gēi　xīn　lou qiā　hòu　a

★带（人）去

你 决定　　　带　　谁　　　　去 开会？
lī　guā ding　cua　xiā láng　kī　kuī huī

我　带　你 去 见 律师[9]。
wā　cua　lī　kī　gì　lu sū

[8] 下车 lou qiā（落车）
[9] 律师 lu sū

64 吃到饱[1]

他 怎么这么 胖?
yī nài hiā ni dua kōu

他 很 爱 吃,
yī zōu ài jiā

常常 去 "吃到饱"。
dia dia kī jia gā bà

那是 什么 餐厅?
hēi xi xiā mī cān tiāng

算 人头[2] 的,
sèng lāng tāo ēi

付 一人份 的 钱,
hù ji lāng hūn ēi jí

让 你 吃到饱,
hōu lī jia gā bà

很多 餐厅 都是 这样的。
zōu je cān tiāng lōng xi ān nēi ēi

我们 也 去 试试看?
lān ma kī qì kuà māi

今晚[3] 就 去!
yīn an diu ki

[1] 吃到饱 jia gā bà
[2] 人头 lāng táo（郎头）

[3] 今晚 yīn an

★都是这样的

台北　的 路牌[4]　都是　这样。
dai ba ēi lou bái lōng xi ān nēi

大家　的 证件[5]　都是　这样。
da gēi ēi jìng giāng lōng xi ān nēi

★……看（有尝试意思）

这 瓶[6]　红酒[7]　喝喝看。
jī guàn āng jù līn kuà māi

你 可以　穿穿看。
lī ei sāi qing kuà māi

[4] 路牌 lou bái
[5] 证件 jìng giāng
[6] 瓶 guàn（罐）
[7] 红酒 āng jù

65 夜宵

肚子　　好　饿[1]！
ba dòu　zōu　yāo

我们去吃　夜宵[2]　　好　　吗？
lān　kī jia　xiāo yā　hòu　vou

吃　什么？
jia　xiā mì

清粥小菜。

棒[3]！
zàn

怎么　　去？
ān zuā　ki

走路[4]　　　就　到　了，
giāng lōu　diu　gao　a

在 附近　　而已。
di　hu gīn　niá

等一下[5]　　不要 点　　太　多，
xiū dàn lei　mài　diāng　xiū　jē

吃　太　饱　睡不着。
jia　xiū　bà　kùn vei ki

---

[1] 饿 yāo
[2] 夜宵 xiāo yā（宵夜）
[3] 棒 zàn（赞）
[4] 走路 giāng lōu（行路）
[5] 等一下 xiū dàn lei（稍等下）

★好吗

不要　再　骂　了　好吗？
mài　gōu　mēi　ā　hòu vou

不要　乱[6]　丢垃圾[7]　好吗？
mài　ōu bei　dàn bùn sou　hòu vou

★等一下

稍[8]　等一下！
xiū　dàn ji lei

我　等一下　才　点菜。
wā　dàn ji lei　jiā　diāng cai

[6] 乱；胡乱 ou bei（黑白）
[7] 丢垃圾 dàn bùn sou
[8] 稍 xiū

66 看电视[1]

我 看过 台湾 的 节目[2]，
wā kuà guì dāiwán ēi jie vòu

在 电脑[3] 看 的。
di dian nào kua ei

你 都 看 什么？
lī lōng kuà xiā mì

什么 都看，
xiā mī lōng kua

不过 偶像剧 比较 多。
m gōu ---- kā jē

认识 多少 台湾 的 艺人？
xi sāi lua jē dāiwán ēi ēn ēi

很多。
zōu jē

我 跟 你 不一样，
wā gā lī vōu gang kuàn

我 不喜欢 看 电视，
wā vōu ài kuà dian xī

很多人 我 都 没听过。
zōu je láng wā lōng vōu tiāng gui

---

[1] 电视 dian xī
[2] 节目 jiē vou
[3] 电脑 dian nào

★（不）喜欢

奶奶　喜欢　看　歌仔戏[4]。
ā mà　ài　kuà　guā ā hi

她　不喜欢　吃　辣[5]的。
yī　vōu ài　jia　hiāng ēi

★什么都……

什么　都　不知道。
xiā mì　lōng　m zāi

什么　都　卖　一元。
xiā mō　lōng　vei　ji kōu

[4] 歌仔戏 guā ā hi
[5] 辣 hiāng（辛）

67 看电影

昨天 他 请 我 看 电影[1]，
záng yī qīa wā kuà dian yà

看 什么 电影?
kuà xiā mī dian yà

外国片[2] 还是 国片[3]?
wa gou pi yā xi gou pi

美国 片。
vī gou pi

很 紧张[4]，
zōu gīn diōng

可能 是 星期六[5] 的 关系[6]，
kōu líng xi bài la ēi guān hēi

人 很多，
láng zōu jē

排队 排 很久[7]。
bāi duī bāi zōu gù

谁 演 的?
xiā láng èn ei

我 不 认识[8]。
wā m va

[1] 电影 dian yà
[2] 外国片 wa gou pi
[3] 国片 gou pi
[4] 紧张 gīn diōng
[5] 星期六 bài la（拜六）
[6] 关系 guān hēi

[7] 久 gù
[8] 认识 va / xi sāi

★……的关系

涨价[9] 是 因为 天灾[10] 的 关系。
kī gei xi yīn wi tī zāi ēi guān hēi

分居[11] 是 因为 个性[12] 的 关系。
hūn gū xi yīn wi gòu xing ēi guān hēi

★……很久

盖房子[13] 盖 很 高[14]。
kī cu kī zōu guán

开刀[15] 开 很久。
kuī dōu kuī zōu gù

---

[9] 涨价 kī gei（起价）
[10] 天灾 tī zāi
[11] 分居 hūn gū
[12] 个性 gòu xing
[13] 盖房子 kī cu（起厝）
[14] 高 guán
[15] 开刀 kuī dōu

68 汇兑[1]

我 没 钱 了!
wā vōu jí a

怎么 会?
nài ēi

你 不是 换 很多 台币 吗?
lī m xi wa zōu je ---

想不到[2] 东西 这么 贵,
xiu vei gào mi giā jiā ni gui

每天 都 花 好多 钱,
mīu gāng lōng kā zōu je jí

三天 就 花完了。
sā gāng diu kāi lià a

你 先 借 我 一千块[3],
lī xīn jiù wa ji qīng kōu

我 汇兑 后 还 你。
wā wa jí liāo āo híng li

你 还 我 人民币 好了,
lī hīng wā ----- hòu a

我的 台币 用不完。
wā ēi --- ying vei làio

[1] 汇兑 wa jí (换钱)

[2] 想不到 xiu vei gào

[3] 一千块 ji qīng kōu

★想不到

想不到　　要 协商[4] 这么　久。
xiu vei gào　ài　qiáo　jiā ni　gù

想不到　　他 很　偏执[5]。
xiu vei gào　yī　zōu　lū

★……完了

狗狗　把　糖果[6]　吃完了。
gāo a　da　tēng a　jia liào a

化妆品[7]　　用完了。
huà zōng pìng　ying liào a

---

[4] 协商 qiáo
[5] 偏执；难说服 lū
[6] 糖果 tēng a（糖仔）
[7] 化妆品 huà zōng pìng

69 土产

我 要 回 大陆 了，
wā vēi dèng kī dai liù a

今天 买 纪念品。
giāng vēi gì liang pìng

吃的 还是 用的[1]？
jia ei yā xi yīng ei

送人[2] 还是 自己 要的？
sang lang ya xi gā gī ai ei

我 想要 买 土产[3]，
wā xiu vēi vēi tōu sàn

台湾 有 什么 土产？
dāiwán wu xiā mī tōu sàn

我 想想看[4]
wā xiu kuà māi

凤梨酥[5] 不错[6]，
ōng lāi soū vei vài

太阳饼 也 很 有名，
----- ma zōu wu miá

吃过 的人 都 说 棒。
jiā gui ei láng lōng gōng zàn

---

[1] 用的 yīng ēi（yōng ēi）
[2] 送人 sang lang（送郎）
[3] 土产 tōu sàn

[4] 想想看；想一想 xiu kuà māi
[5] 凤梨酥 ōng lāi soū
[6] 不错 vei vài（未坏）

★不错

这家 餐厅 的 火锅 不错。
jī gīn cān tiāng ēi huī gōu vei vài

她的 条件[7] 不错。
yī ēi diāo giāng vei vài

★……的人

讲 笑话[8] 的人 不能 笑。
gōng qiù kuī ēi láng vei sāi qiu

讲闲话[9] 的人 也会 被 人 讲。
kōng yīng ā wēi ēi láng ma ei hou lāng gòng

[7] 条件 diāo giāng
[8] 笑话 qiù kuī（笑亏）
[9] 闲话 yīng ā wēi（闲仔话）

70 回大陆

你在大陆 做什么 的?
lī di dai liù zòu xiā mì ei

我 做 贸易[1] 的。
wā zòu mōu yi ei

你 是 老板[2] 吗?
lī gān xi tāo gēi

我 是 业务[3] 经理[4],
wā xi ya vū gīng lì

我 刚刚 打 电话,
wā dū jia kā dian wēi

老板 叫我 赶紧[5] 回去。
tāo gēi giù wā guā gīn dèng ki

你 一定 很 能干[6],
lī yī ding zōu gáo

公司 没有 你 不行。
góng xī vōu lì vei sai

没有 啦!
vóu la

我们 是 小公司[7]。
wēn xi xèi gīng gōng xī

---

1 贸易 vou yi
2 老板 tāo gēi（头家）
3 业务 ya vū
4 经理 gīng lì
5 赶紧；赶快 guā gìn

6 能干 gáo
7 小公司 xèi gīng gōng xī（小间公司）

★打电话

快　打　电话　　给　救护车[8]。
gīn　kà　dian wēi　hou　giù hou qiā

有　人　打　电话　　告密[9]。
wu　lāng　kà　dian wēi　vi gou

★没有……不行

年夜饭[10]　没有　鱼　不行。
guì nī cai　vōu　yī à　vei sai

这 汤[11]　没有　胡椒粉[12]　不行。
jē　tēng　vōu　ōu jiū hùn　vei sai

[8] 救护车 giù hou qiā
[9] 告密 vi gou（密告）
[10] 年夜饭 guì nī cai（过年菜）
[11] 汤 tēng
[12] 胡椒粉 ōu jiū hùn

A

爱；喜欢 ai；gà yi
按摩 lia líng（抓龙）；ma sà ji（外来语）
按下 qī
按照 àn jiào
矮子 ēi ā dāng guī（矮仔冬瓜）
安全 ān zuán
安全带 ān zuān dua
安静 ān jīng
安排 ān bái
熬汤 gūn tēng（滚汤）
阿姨 ā yí

B

不用了 miàn（免）
不怎么 vei ān zuà
不好 vōu hòu（否好）；m hòu
不会 vei（未）
不错 vei vài（未坏）
不会（某事）vēi；vei hiào（未晓）
不知道 m zāi
不；不要 vōu ai；缩音为 vuai
不要再 mài gōu（莫再）
不敢 m gà
不然 vóu
不见了；遗失 vóu ki a（无见了）；pàng ki
不好意思 pāi xei
不客气 miān kèi ki（免客气）
不在 vōu dī ēi（无在的）
不敢 m gà
不要 mài（莫）
不懂 m va
不可以；不行 vei sai
不值钱 m da（不值）
不止 m diá
不敢 m gà
不像 vōu xíng（无形）
不 vuai（不要 vōu ai 的缩音）
不理 vuāi ca（不爱睬）
不一样 vōu gang kuàn （否同款）
不敢 m gà
不准 vōu zùn （否准）
不舒服 vōu sōng kuai（否爽快）
不错 vei vài（不坏）
不要脸 vei giàn xiao（不见笑）
不速之客 bū sù guì（不速鬼）
不看好 kuà suī（看衰）
不正当；不正经 waī gōu（歪哥）

不锈钢 bei tī a（白铁仔）；su dān lèi su（外来语）
不听话；不听劝 gōng vei tiāng（讲未听）
不怕死 m giāng xì（不惊死）
不吉利 pāi gī diāo（坏吉调）
不划算 vei hóu（未合）
报导 bou（报）
报纸 bou zuà
报废；完蛋 pòu gōng（破功）
百货公司 bà huì gōng xī
比 bī / bì
比较 kā（较）
比赛 bī sai
比起来 bì ki lai
比较 bī gao
把 da（搭）
帮 da（搭）
帮忙 dào sā gāng（兜三工）
被（人）hou（乎）
被骗 hou piàn ki（乎骗去）
脖子 ām ā gùn（颔仔颈）
背后 ka qiā piā
抱 pōu
畚箕 bùn dào（畚斗）
霸道 à ba（压霸）
槟榔 bīng léng
番石榴 ba là
刨冰 cuà bīng（剉冰）
毕业 bi ya
博士 pou sū
博物馆 pou vu guàn
变 bian
变天 biàn tī
白色 bei xi
白色的 bei xi ei
白布 bei bou
白忙活 vōu cāi gāng（否睬工）
白痴 bei qī
白菜 bei cai
白嫩 bei pāo pāo（白泡泡）
白开水 bei gūn zuì（白滚水）
白带鱼 bei duà hí
别惹 mài lià（莫惹）
别针 bīng jiāng（并针）
别墅 bei zōng
表演 biāo èn
北投 ba dáo
北京 ba giāng
拜托 bài tou
拜访 bài hòng
拜拜 bài bai
拜年 bài ní
拜师 bài sū
保养 bōu yòng
保养品 bōu yōng pìng
保护 bōu hou
棒 zàn（赞）
棒球 bàng giú
捧 póu
病人 bei láng（病郎）
病房 bei báng
布袋戏 bòu dei hi
冰糖 bīng téng
冰箱 bīng xiū
冰块 bīng ga（冰角）

霜淇淋 bīng gōu（冰糕）
冰棍 gī ā bīng（枝仔冰）
杯子 buī à（杯仔）
保温 bōu wēn
保留 bōu liú
保证 bōu jing
保守 bì su（闭思）
被单 pei duān
甭怕 miān giāng（免惊）
跛脚 bāi kā
笨手笨脚 hān vān（憨慢）
布鞋 bòu éi
宝石 bōu jiu
背心 gā a（夹仔）
打巴掌；搧耳光 pā cuì pèi（拍嘴皮）
打架 xiū pa（相拍）
宾馆 bīng guàn
补票 bōu piu
笔记本 bī gì pōu à（笔记簿仔）
本事；能力 zāi diāo（在朝）
爬坡；上坡 bèi gāi（爬阶）
爬楼梯 bèi lāo tuī
搬新家 li cu（入厝）
搬家 buā cu（搬厝）
搬走 buā zào
傍晚 àn tāo à（暗头仔）
褓姆；佣人 hou lāng qià zū bēn ēi（给人请煮饭的）
飙车 gà qiā（轧车）；biāo qiā
包装 bāo zōng
包二奶 qi zā vòu（饲查某）
包子 bāo à（包仔）
包工程 bāo gāng tíng
拔牙 vān cuì kì（拔嘴齿）
饼 bià
波菜 bēi līng ā cai（波菱仔菜）
爆米花 bōng vī pāng（爆米芳）
表妹 biāo xiū vēi（表小妹）
表弟 biāo xiū dī（表小弟）
表姐 biāo jì
表哥 biāo hiā（表兄）
伯母 ā m（阿姆）
伯父 ā bei（阿伯）
爸爸 lao bēi（老爸）
玻璃 bōu léi
笨蛋 kōng ēi（空的）
办公 ban gōng
办理 ban lì
半夜 buà méi（半眠）
半小时 buà diāng jīng（半点钟）
鼻子 pī à（鼻仔）
鼻涕 pi sài（鼻屎）
边角料 bòu cuī a（布碎仔）
败家子 liāo vēi ā giàng（了尾子）
迸开 bia kuī

出国 cu gou
出门 cu vén
出发 cu hua
出去 cu ki
出人头地 cu tāo tī（出头天）
出租 cu zōu

出租车 ta kū xi（外来语）；kèi līn qiā（计程车）
出差 cu cāi
出口 cu kào
出殡 cu suā（出山）
差不多 cā bū dōu
差 vài（坏）
吃 jiā
吃苦 jia kòu
吃醋 jia cou
吃饱 jia bà
吃饭 jia bēn
吃素 jia cai（吃菜）
吃一吃 jia jià ei（吃吃的）
吃药 jia you à（吃药仔）
吃不下 jia vei luo（吃未落）
穿不下 qing vei luo（穿未落）
吃到饱 jia gā bà
穿 qīng
迟到 dī dou
迟早 zā vān（早慢）
参考 cān kòu
参观 cān guān
参加 cān gā
常常 dia dia
菜市场 cài qī à（菜市仔）
菜刀 cài dōu
菜篮子 cài nā à（菜篮仔）
菜单 cài duā
臭 cao
臭豆腐 cào dao hū
臭气冲天 cào mī mōu（臭弥毛）
沈重（物品）dāng
沈重（心情）dīng dāng
超重 qiāo dāng
超级市场 qiāo gī qi diú
聪明 kiào（窍）
成绩 xīng ji
储存 dū（储）；存 cún
才 jia
食具 wā dī（碗箸）
餐桌 jia ben dou（吃饭桌）
餐厅 cān tiāng
擦 qi
擦药 vuà yōu à（抹药仔）
擦指甲 vuà jīng gā（抹指甲）
错 m diū（不对）
窗帘 kā diàn（外来语）
唱歌 qiù guā
车 qiā
车祸 qiā hei
车厢内 qiā lāi（车内）
车票 qiā piu
车轮 qiā liān à（车轮仔）
从 duī
承受 dòng（挡）
除掉 dū diāo
刺 qià
刺青 qià lióng qià hòu（刺龙刺虎）
吹牛 pèng hōng（膨风）
吹风机 cuī hōng gī
抢劫 qiū láng（抢郎）
丑 vài
厕所 bian sòu（便所）
厨房 zào kā（灶脚）
醋 cou

葱 cāng à（葱仔）
叉子 qiāng a（签仔）
茶 dēi vì（茶米）
茶壶 dēi gòu
茶杯 dēi buī
茶几 dēi dōu a（茶桌仔）
抽屉 tuā a（拖仔）
插头 cà táo
插座 cā zōu
插花 cà huī
床 vīn céng（眠床）
床单 cēng gīn（床巾）
重拨电话 dīng pa（重拍）
长 déng
长袖 dēng èn
长度 dēng dōu
长裤 dēng kou
长腿 lòu kā
彩色 cāi xi
苍蝇 hōu xíng
衬衫 wa xēi zi（外来语）
虫 táng
乘车 je qiā（坐车）
缺钱 kiàng jí（欠钱）
欠债 kiàng xiao（欠账）
船 zún
船长 zūn diù
船员 zūn wán
乘船 je zún（坐船）
煞车 ān dōng a（紧档仔）
炒菜 cā cai
炒面 cā mī
财产 zāi sàn
操劳 cāo huán（操烦）
充电 ciōng diān
草帽 cāo lēi à（草笠仔）
草席 cāo qiū à（草席仔）
草莓 cāo míu
草坪 cāo béi
草稿 cōu gòu
抽血 tiū hei
采访 cāi hòng
初恋 cōu luān
初犯 cōu huān
初步 cōu bōu
纯洁 sūn gei
橙 līu dīng（柳丁）
橙色 gān ā xi（橘仔色）
葱 cāng à（葱仔）
氽烫 sà
春卷 lun bià（润饼）
春联 cūn lián
春天 cūn tī
厂长 qiū diù
池塘 dī à（池仔）
材料 zāi liāo
藏起来 cang ki lai
产品 cān pìn
称呼 qīng hōu
除非 dū huī
处长 cù diù
仇人 xū lín
吵架 wān gēi（冤家）

D

第一遍；第一次 dei yī bài
第一名 dei yī mía
待；住 dua
的 ēi；ei
带路 cua lōu
带（东西）za（载）
带（人）cuā
等待 dān tāi
等 dàn
等一下 xiū dàn lei（稍等下）
多 jē
多一点 kā jē ji lie（较多一点）
多久 lua gù
多少钱 lua je jí
都 lōng（拢）
东西 mi giāng
东西南北 dāng xāi lān ba
地点 dei diàng
地毯 dei tàn
地面；地板 tōu kā（土脚）
地址 zu jì（住址）
地方 sōu zāi（所在）
地下道 dei ha dōu
地震 dēi dāng（地动）
地图 dei dóu
到处走 pā pā zào（趴趴走）
到处混 la la sóu
到了 gao a
大家 da gēi
大概 dai gai
大陆 dai liù
大块 dua dei
大 duā
大部份 dai bou hūn
大学 dai ha
大腕 dua giu（大角）
大婶 ou bā sàng（外来语）
大叔 ou jī sàng（外来语）
大理石 dai lī jiu
大胆 dua dà
大蒜 suàn táo（蒜头）
大便 sài（屎）
大楼 dua láo
大学生 dai ha xīng
大声 dua xiā（大嗓）
大厨 zōng pòu sāi（总铺师）
但是 dan xī
短发 dēi tāo mōu（短头毛）
导游 dou ú
担心 huān lòu（烦恼）
赌博 bua giào
打 pa （拍）
打破 lòng pua（弄破）
打球 pà giú
打折 pà jie （拍折）
打招呼 ai sā zu（外来语）
打扫 biang （拼）
打架 xiū pa（相拍）
打电话 kà dian wēi
打针 zù xiā（注射）
打扰 giāo liào（搅扰）
打翻 qiā dòu（掐倒）
打雷 dān rī gōng（掷雷公）

打喷嚏 pà kā qiu
打麻将 pà muā qiu
打牌 pà bái
打开 pà kuī（拍开）
打死结 pà xī ga（拍死结）
打结 xiū pà ga（相拍结）
打听 tàn tiāng（探听）
道教 dou gao
电话费 dian wei jí（电话钱）
电池 dian dí
电铃 dian líng
电费 dian hui
电风扇 dian hōng（电风）
电视 dian xī
电脑 dian nào
电影 dian yà
电锅 dian gōu
电子锅 dian zū gōu
电磁炉 dian zū lóu（电子炉）
电灯 dian huì（电火）
电风扇 dian hōng（电风）
电冰箱 dian bīng xiōng
电线 dian sua
电梯 dian tuī
电灯泡 dian huī giū à（电火球仔）
电线杆 dian huī tiāo à（电火条仔）
躲雨 pià hōu（避雨）
蛋糕 gēi leng gōu（鸡卵糕）
蛋黄 leng lín（蛋仁）
蛋白 leng qīng（蛋清）
蛋炒饭 cā bēn（炒饭）
动作 dong zou
动 dīng dāng（定动）
动物园 dong vu hēng
动物 dong vu
弟弟 xiū dī（细弟）
贷款 dai kuàn
店 diang
店面 diàng vīn
点个头 tìng ji lēi táo（点一个头）
点菜 diāng cai
当做 dòng zòu
当时 dōng xí
当选 dòng suàn
当兵 zòu bīng（做兵）
当然 dōng lián
炖 dūn
倒闭 dòu（倒）
倒楣 suī（衰）
倒楣鬼 suī vēi dou lín（衰尾道人）
倒垃圾 dòu bùn sou（倒畚帚）
倒车 dòu lū（倒橹）
掉了；遗失 la ki（落去）
冬天 guā tī（寒天）
读书 ta qie（读册）
肚子 ba dòu（腹肚）
肚子饿 ba dòu yāo
肚脐 dou zái
丢 dan
丢人现眼 xià xī xià jing（捽死捽肿）
丢脸 giàn xiao见笑
豆腐乳 dao lù（豆乳）
豆腐 dao hū
豆浆 dao līng（豆奶）
豆干 dao guā

豆芽菜 dao cai（豆菜）
豆豉 yìng xī à（荫豉仔）
豆花 dao huī
斗嘴 da cuì gòu（斗嘴鼓）
戴眼镜 guà va giang（挂目镜）
刀 dōu
短命 yāo xū（夭寿）
短路 xiù dou（外来语）
短袖 dēi èn
对 diù / diū
对面 dùi vīn
对不起 xi lèi（失礼）
躲 vi（昵）
掉头 wa táo（斡头）
赌债 giāo xiao（赌账）
登机 dīng gī
登记 dīng gi
毒蛇 dou zuá
灯笼 góu ā dīng（糊仔灯）
胆 dà
钓鱼 diù hī à（钓鱼仔）
稻草 dui cào
岛 dòu
冬瓜 dāng guī
跌价 la gei（落价）
订货 dìng hui
定时 dìng xí
定价 ding gei
董事长 dāng su diù
答应 dà ying
低 gēi
锻炼 wen dōng（运动）
炒股 sēng gōu piu（玩股票）

24小时 lí xì xiū xí
二奶 xèi yí（细姨）
而已 niá
而且 li qiā
饿 yāo
儿童床 yīn ā céng（囡仔床）
儿子 hao xī（孝生）
额外的 gēi（加）
额头 tāo hià（头额）
耳钉 hi gāo（耳钩）

房间 bāng gīng
房东 cù zù（厝主）
房子 cu（厝）
房租 cù sui（厝税）
房车 giāo qiā（骄车）
房客 cù kā（厝脚）
服务 hou vū
服侍 hou sāi
服务 hou vū
风大 hōng tao（风透）
风 hōng
风景 hōng gìng
风衣 hōng yī
风味 hōng vī
风雨 hōng hōu
风筝 hōng cuī（风吹）

方便 hōng biān
方式 hōng xi
方向 hōng hiong
方面 hōng vīn
方法 hōng hua
方言 hōng yán
方向盘 hān dōu lu（外来语）
方便面 pào mī（泡面）
方便 hōng biān
方法 hōng hua
烦 huán
妇女 ou bā sàng（外来语）；hu lù
佛教 hu gao
佛堂 bu déng
佛桌 bu dou
发疯 kī xiào（起笑）
发财 hua zái
发烧 hua xiū
发展 hua diàn
发冷 wì guá（畏寒）
发狂 lia góng（抓狂）
发抖 pi pi cua
发现 hua hiān
放鞭 bàng pao（放炮）
放话；叫阵 qiàng xiā（呛声）
放在 kèng di
放弃 hòng ki
放榜 hòng bòng
放假 bàng gà
付钱 hù jí
法语 hua vén（法文）
法院 hua yī
法国 hua gou
法官 hua guā
翻脸 bì vīn（扁脸）
分居 hūn gū
分钟 hūn jīng
分机 hūn gī
分数 hūn sōu
分居 hūn gū
分手 qie（切）
吩咐 gāo dai（交代）
仿的 hòng ei
凤梨酥 ōng lāi sōu（旺梨酥）
凤梨 ōng lái（旺梨）
肥皂；香皂 sa vún
肥 búi
肥肉 būi va
翻筋斗 dòu tāo zāi（倒头栽）
粉丝 dāng hùn（冬粉）
飞机 hūi līng gī
奋斗；努力 pà biā（打拼）
疯子 xiào ei（笑仔）
疯话 xiāo wēi（笑话）
防水 hōng zuì
防风 hong hōng
饭团 ben wán（饭丸）
饭 bēn
讽刺；挖苦 kāo xēi
吠 buī
肺 huī
蜂蜜 pāng vi（芳蜜）
反复 kī kī dou dòu（起起倒倒）
反对 huān dui
反而 diān dòu（巅倒）
粉红 hūn áng

粉圆 hūn yí
负担 hu dān
负责 hu ji
抚育婴儿 yōu yīn a（摇囡仔）
繁文缛节 gao lēi sou（厚礼数）
犯人 huan láng（犯郎）
犯法 huan hua
犯罪 huan zuī
坟墓 vōng ā pōu（墓仔埔）
丰年 hōu nī dāng（好年冬）
非常 wu gào（有够）
罚 hua

逛逛 xei xèi
逛街 xei gēi
个 lēi
贵 gui
姑姑 a gōu（阿姑）
高 guán
高铁 gōu ti
高雄 gōu hióng
高跟鞋 guān dà éi（高踏鞋）
高血压 gōu hēi a
高丽菜 gōu lēi cai
高兴 huā hì（欢喜）
高速公路 gōu sou gōng lōu
高粱酒 gōu liōng jù
柜台 gui dái
狗狗 gāo a（狗仔）
刮台风 zòu hōng tāi（做风台）
感人 gān lín
感觉 gān ka
感冒 gān mōu
跟随 dei
雇 qià（请）
跪 guī
功课 gōng kou
刚才；刚刚 dū jia
干什么 còng xiā mì
改 gài
哭 kao
股票 gōu piu
广告 gōng gou
公园 gōng héng
公仔 āng à（尪仔）
工作 kāng kui（空缺）；tāo lōu（头路）
工程师 gāng tīng sū
工资 xīn zuì（薪水）
工人 gāng láng（工郎）
工头 gāng táo
工艺品 ou mī ā èi（外来语）
搞混；摸不着头绪 vu sà sa（雾撒撒）
搞错 gao m diù（搞不对）
搞怪；叛逆 gāo guai
怪人 guài kā（怪脚）
怪癖 guài pia
过去 guì ki
过份 qiāo gui（超过）
过敏 guì vìn
过年 guì ní
过期 guì gí

狗狗 gāo a（狗仔）
广东话 gēng dāng wēi
够劲 gào kui（够气）
改 gài
改成 gāi xíng
观众 guān jiong
观光 guān gōng
观世音 guān xèi yīn
冠军 guān gūn
关 guāi
歌仔戏 guā ā hi
盖房子 kī cu（起厝）
赶紧；快点 kā gìn（比较紧）
告密 vi gou（密告）
告别 gào bei
国片 gou pi
国际 gou je
国家 gou gā
国内 gou lāi
国民党 gou vīn dòng
国籍 gou ji
国外 gou wā
关系 guān hēi
关掉 guāi diao
刮胡刀 kāo cuì qiū ēi（刮嘴须的）
挂号 guà hōu
故障 gōu jiōng；liōng gōng（两光）
隔三差五 sān bou ōu xí（三不五时）
罐头 guàn táo
夹子 yā a（夹仔）
缸 gēng
煤气 gā su（外来语）

煤气炉 gā sū lóu（瓦斯炉）
烤箱 hāng lóu（烘炉）
锅子 diāng（鼎）
锅铲 giān xí（煎匙）
果汁机 gōu jiā gī
果脯；蜜贱 giāng sēng dī（咸酸甜）
功能 gōng líng
光棍 lōu hàn kā（罗汉脚）
公平 gōng béi
公交车 gōng qiā（公车）
公务员 gōng vu wán
公路 gōng lōu
公司 gōng xī
公文 gōng vún
故意 gòu yi ；tiāo gāng（调工）
共产党 giong cān dòng
鬼 mōu xīn à（魔神仔）
跪 guī
弓背 ū（窝）
古代 gōu zà（古早）
古董 gōu dòng
肝 guā
甘蔗 gān jia
贡丸 gòng wán
会计 hui gei
个性 gòu xing
个性反常 bì xiang（变向）
割稻 guà diū à（割稻仔）
蛤蜊 lā à（蜊仔）
骨头 gu táo
管闲事 ca yīn ā sū（涉闲仔事）
勾芡 kān gèi（牵羹）
瓜子guī ji

干净清洁 qīng ki（清气）
干面 dā mī
干儿子 kèi giàng（客囝仔）
干杯 gān buī
干女儿 kèi zāo vōu giàng（客查某囝仔）
干妈 kèi vù（客母）
干爸 kèi bei
干脆 guī ki
寡妇 guā hū
鳏夫 guān hū
哥哥 gōu gou
姑姑 a gōu（阿姑）
姑丈 gōu diū
公公 dā guā（大倌）
港口 gāng kào
够了 gao a
姑娘 gōu níu
规定 guī dīng
钢琴 pī ā no（外来语）
孤僻 gōu pia
孤单 gōu duā

换 wā / wa
很；非常；真的 zōu；wu gao（有够）
很彻底 zōu gāng hū（很功夫）
还好 hōu gā zai（好加在）
还要 ā gōu vēi
还没 ya vēi
还东西 híng
好几个 gu la éi
好 hòu
好处 hōu kāng
好色 dī gōu（猪哥）
好像 qīng qiū
好命 hōu miā
好人 hōu láng（好郎）
好不好 hòu vou（好否）
好吃吗 hōu jiā vou（好吃否）
好看 hōu kuà
怀孕 wu xīn（有身）
孩子 yīn a（囡仔）；giang
害怕 giāng（惊）
盒饭 bian dōng（便当）（外来语）
回；回去；回家 dèng ki
坏人 pāi láng（坏郎）
坏了 pài ki（坏去）
红色 āng xi
红枣 āng zòu
红薯 hān jí（蕃薯）
红杏出墙 tōu kèi hiāng（讨客兄）
红茶 āng déi
红利 āng lī
红包 āng bāo
红萝卜 āng cài táo（红菜头）
红烧 āng xiū
红糖 ōu téng（黑糖）
红酒 āng jù
红豆 āng dāo à
红豆汤 āng dao tēng
灰 pū
花 huī

花案；图案 huī xi（花色）
花店 huī diang
花生 tōu dāo（土豆）
花瓶 huī bán
花园 huī héng
花边 lèi su（外来语）
花市 huī cī à（花市仔）
花得起 kāi ei kì
花钱 kāi jí
护照 hou jiao
护士 hou sū
寒假 hiù guá（歇寒）
耗 xiōng diōng（伤重）
划算 ei hóu（会合）
活期 wa gí
活的 wa ei
婚纱照 gei hūn xiōng（结婚像）
伙计 xīn lóu（辛劳）
后来 āo lai
后面 ao bià（后壁）
后悔 ho huì
化妆品 huà zōng pìng
化妆台 huà zōng dái
汇兑 wa jí（换钱）
胡椒粉 ōu jiū hùn
黄金 ēng gīn
黄色 ēn xi
会员 hui wán
会听不会讲 ei hiào tiāng，vei hiào gòng（会晓听，未晓讲）
和尚 hēi xiū
和 gā
胡子 cuì qiū（嘴须）

琥珀 hōu pi
合身 ha sū
合适 xi ha（适合）
合理 ha lì
合同 ha you（合约）
合作 ha zou
客家人 kèi lāng à（客郎仔）
黑 ōu
黑斑 ōu bān
黑白 ōu bei
黑板 ōu bāng
黑脸 gi sāi vīn（结屎面）
黑帮老大 ga táo（角头）
黑社会 ōu xia huī
海 hài
海岛 hāi dòu
海边 hāi bī
海浪 hāi yìng（海涌）
海关 hāi guān
海带 hāi dai
海鲜 hāi sàn（海产）
黑道 ōu dōu
号码 hou vèi
皇帝 hōng dei
坏脾气；不乖 pāi xì（坏息）
蝴蝶 ōu dia
糊上 góu（糊）
后悔 huān huì（反悔）
猴 gáo
活泼 hua pua
怀疑 huāi yí
湖 óu
火车 huī qiā

火车票 huā qiā piu
火柴 huān ā huì（番仔火）
火腿 hā mu（外来语）
哈密瓜 ha vi guī
酱菜 jiòng gián（酱咸）
馄饨；云吞 bī xi（扁食）
喝 līn（饮）
喝酒 līng jù（饮酒）
喝喜酒 jia hī jù（喝喜酒）
欢迎光临 huān yíng gōng lín
航空 hāng kōng
画图 wei dóu
喉咙 nā áo
胸脯 hīng kàng（胸坎）
害喜 bei giàng（病子）
户头 hou táo；kāo zōu（口座）

I · J

机场 gī diú
机票 gī piu
机关 gī guān
机会 gī huī
机车 gī qiā；ōu dōu vài（外来语）
酒店 ben diang（饭店）；ho tēi lu（外来语）
几层 guī láo（几楼）
教 ga
教书 gà sū；gà qie（教册）
教育 gào you
教授 gào xū
件 nià
紧张 gīn diōng
紧 án
剪刀 gā dōu
剪短 gā dèi
减肥 giān biú
就 diu
叫 giu
钱 jí
借过 jiù gui
借 jiu
寄 gia；già
警察 gìng ca
交给 gāo hou（交乎）
交心 gāo buí（交陪）
交待 gāo dai
交通警察 gāo tōng gīng ca
俱乐部 gu lou bōu
进去 li kì（里去）
进口 jìn kào
家里 cù lāi（厝内）
脚 kā
脚踝 kā va（脚目）
鸡腿 gēi tuì
鸡 gēi
家具店 gā gū diang
斤 gīn
今年 gīn ní
今晚 yīn an
郊外 gāo wā
简单 gān dān
缴钱 giāo jí；la jí（落钱）
接 jia
几个月 guī gōu èi

见 gi
见面 gì vīn
救护车 gìu hou qiā
救 giu
继续 gèi xiu
浇水 ā zuì
节食 jie xi
节省 kiāng（俭）
节目 jiē vou
拣到 kiu diu
解决 gāi gua
健康 gan kōng
兼 giān
姐姐 jiē jie
姐妹 jī vēi
记得 ei gi ei（会记的）
结果 gei gou
结帐 gei xiao
结婚 gei hūn
介绍 gài xiāo
拒绝 gu zua
觉得 gān ga（感觉）
解毒 gāi dou
嫁 gei
嫁人 gèi āng（嫁尪）
嫁妆 gèi zēng
金牌 gīn bái
假的 gèi ei
叫 giu
贱招 ào bōu（烂步）
久 gù
经理 gīng lì
经过 gīng gui
经验 gīng yāng
酱油 dao ú（豆油）
姜 giōng
戒指 qiū jì（手指）
拣破烂的 kiù yi zuà e（拾字纸的）
浇花 a huī
介绍 gài xiāo
警察 gìng ca
警察局 pài cū sòu（派出所）
酒吧 jū bā
酒瓶 jū gān（酒矸）
解开 tāo kuī（掏开）
签证 qiāng jing
墙壁 bia（壁）
睫毛 va jiāo mōu（目睫毛）
金针 gīn jiāng
检查 giāng zā
近 gīn
近视 gin xī
街道 gēi ā lōu（街仔路）
基督教 gī dōu gao
记者 gì jià
铅笔 ēn bi
纠缠 gōu gōu dí（纠纠缠）
浅 qiàn
急救 gi giu
纪念品 gì liang pìng
纪念 gì liang
奖券 jiōng guan
奖金 jiōng gīn
奖状 jiōng zeng
菊花 giu huī
鸡蛋羹 cuī lēng（炊蛋）

芥末 wa sā vi（外来语）
芥菜 guà cai（割菜）
橘子 gān mà（柑仔）
韭菜 gū cai
茄子 giú
舅舅 ā gū（阿舅）
舅妈 ā gīn（阿妗）
镜子 giang（镜）
镜头 giàng táo
建筑 gèn diu
价钱 gèi xiao
胶卷 dēi pi（底片）
加班 gā bān
捡到 kiu diu
检查 giāng zā
健康 gen kōng
健忘 vōu tāo xín（否头神）
肩膀 gīng ā táo（肩仔头）
解脱厄运 cu wēn（出运）
奸诈 gān kiào（奸巧）
妓女 tàn jià ei（赚吃的）
寂寞 xiù vou
举行 gū híng
计较 gèi gao
精明 dīng jīng（顶精）
饺子 zuī giào（水饺）

K

看 kua
看不起 kuà vōu kì（看否起）；kuà suī（看衰）
看烦了 kuà xiān ā
看法 kuà hua
看起来 kua ki lai
看家 gòu cu（顾厝）
看一看 kuà māi
看下去 kua lou ki（看落去）
蚵；牡蛎 ē à（蚵仔）
蚵仔煎 ē ā jiān
蚵仔面线 ē ā mī sua
哭 kao
困难 kùn lán
可爱 gōu zuī
可能 kōu líng
可怜 kōu lián
可恶 kōu ou
可是；不过 m gōu（不过）
考上 kōu diáo（考到）
考不上；没考上 kōu vōu diáo（考否到）
考试 kōu qi
快要 dā vēi
快点 kā gìn（较紧）
快一点 kā gìn ji lei
开始 kāi xì
开 kuī
开车 kuī qiā
开始 kāi xì

开店 kuī diang
开刀 kuī dōu
开水 gūn zuì（滚水）
开会 kuī huī
开关 kāi guān
开放 kāi hong
开刀 kuī dōu
空调 līng ki（冷气）
空位 kāng wī
空气 kōng ki
空车 kāng qiā
空心菜 yìng cai
夸奖 bōu（褒）
咖啡 gā bī
咖啡馆 gā bī guàn
怪人 guài kā（怪脚）
口味 kāo vī
口香糖 qiu līng téng（树奶糖）
口水 nuā （沫）
口吃 dua jì （大舌）
口齿不清 cào nī dāi（臭乳呆）
口袋 la dēi à（落袋仔）
口渴 cuì dā（嘴干）
恐怖 kiōng bou
客气 kèi ki
客人 lāng kei（郎客）
客厅 kèi tiāng
客户 kèi hōu
客满 kèi muà
凯子 pān a
筷子 dī（箸）
阔 kua
裤子 kou（裤）
靠不住 vei kou ji（未靠得）
孔庙 kōng zū viū（孔子庙）
苦瓜 kōu guī
卡车 tou lā ku（外来语）
咳嗽 kù kù sao
高 guán；gōu

L

来过 lái gui
来不及 vei hu（未赴）
来得及 ei hu（会赴）
楼上 lāo dìng（楼顶）
楼下 lāo kā（楼脚）
邻居 cù bī（厝边）
路 lōu
路牌 lou bái
路边 lou bī
路边摊 lou bī dā a（路边担仔）
烂 ao；nuā
烂客户 ào kei（烂客）
令；让 hōu（乎）
轮椅 lūn yì
轮流 lūn liú
轮胎 lūn tāi
轮船 lūn zuán
腊烛 la ji
老板 tāo gēi（头家）
老外 a dōu a（阿陡仔）
老鼠 niāo qì（猫饲）
老花眼 lao huī ā va（老花目）
老鼠药 niāo qī yōu à（猫饲药仔）

老顽童 lao huān diān（老番癫）
老乡 gang gòu hiōng ē（同故乡的）
老师 lao sū
老人家 lao dua láng（老大郎）
老妇 lao ā bóu（老阿婆）
老爷 lao ā bei（老阿伯）
老天爷 tī gōng（天公）
老板 tāo gēi（头家）
老实 lāo xi；gōu yi（古意）；diāo di（条直）
老客户 lāo zū gou（老主顾）
了 a / ā
淋雨 lān hōu
里面 lai vīn
两千多块 leng qīng wa kōu（两千外块）
离职 lī ji
离婚 li hūn
冷 lìng；guá（寒）
冷飕飕 līng gī gī
累 tiàng
蓝色 nā xi
留学 liū ha
脸 vīn
脸盆 vin tàng（面桶）
脸皮 vīn péi（面皮）
力气 la（力）
礼服 lēi hou
浪费 long hui；xiōng bùn（伤本）
浪费钱 gēi kāi jí（加花钱）
律师 lu sū
乱；胡乱；瞎 ōu bei（黑白）
乱七八糟 wāi gōu qi cua

辣 hiāng（辛）
辣椒 huān giōng a（蕃薑仔）
辣椒酱 huān giōng ā jiu（番薑仔酱）
拉肚子 lào sài（落屎）
绿 li
绿茶 li déi
绿豆椪 li dao peng
绿豆 li dāo
绿豆沙 li dao xēi
绿豆汤 li dao tēng
篮子 nā à
垃圾桶 bùn sòu tàng（畚帚桶）
流星 liū qī
流行 liū híng；xī giáng（时行）
流汗 lāo guā
流眼泪 lāo va sài（流目屎）
流口水 lāo nuā（流沫）
流利 liàn dèng（轮转）
流鼻水 lāo pi zuì
流鼻血 lāo pi kāng hui（流鼻孔血）
流氓 lōu muá
漏水 lao zuì
冷冻室 līng dòng xi
冷藏 līng zóng
录像 lou yà（录影）
录音 lou yīn
凉鞋 liāng éi
凉快 qiū qing（秋清）
领带 nēi gū dài（外来语）
懒；懒惰 bīng duā；lān nuā（懒烂）
乱七八糟 luan zāo zāo（乱糟糟）

萝卜 cài táo（菜头）
萝卜干 cài bòu（菜脯）
萝卜糕 cài tāo guì（菜头粿）
连累 liān rī
零钱 lān sān（零星）
唠叨；牢骚 xe xe liān（碎碎念）
莲雾 liān vū
莲花 liān huī
莲子 liān jì
洛神 lou xín
卵巢 lēng zóu
李子 lī a（李仔）
联络 liān lou
梁；柱 tiāo à（柱仔）
历史 li sù
卤菜 lōu cai
柠檬 lēi vòng
利息 li xi
龙 lióng
龙虾 lióng héi
龙眼 līng yìn
荔枝 nai jī
梨子 lāi à（梨仔）
菱角 līng ga
聋子 cào hi láng（臭耳郎）
铝 a lū mi（外来语）
镠丝起子 lōu lài ba（外来语）
吝啬 dàng sēng（冻酸）
喇叭 gōu cuī（古吹）

M

妹妹 xiū vēi（细妹）
吗 gān（咁）
买 vēi / vèi
买到 vèi diu
买菜 vēi cai
卖 vei
卖房子 vei cu（卖厝）
明信片 mīn xìn pi
明天 miā zai
明年 mēi ní
明星 mīng qī
没；没有 vōu（否）/ vóu
没错 vōu m diù（否不对）
没买到 vōu vèi diu（否买到）
没良心 vōu tiān lióng（没天良）
没关系 vōu guān hēi；vōu yào gìn（否要紧）
没等到人 dān vōu láng（等否人）
没空 vōu yíng（否闲）
没效 vōu hāo（否效）
没办法 vōu hua dōu（否法度）
没能耐 vōu buà pei（否半撇）
没用 vōu lou yīng（否路用）
骂 mēi
每天 mīu gāng
每次 mīu bài（每遍）
每套房子 muī gīng cu（每间厝）
每家 mīu gēi
麻烦 mā huán；huì ki（费气）
麻油 muā ú

麻疹 cu pia（出癖）
棉被 mī pei
庙 viū
墓 vōng
闷 vūn
名牌 vīng bái
名字 miá（名）
名片 mèi ji（外来语）
名次 miā cu
迷 véi / vēi
漫画书 āng ā qie（尪仔册）
免费 miān jí（免钱）
猫猫 niāo a（猫仔）
迷路 giāng m zāi lōu（行不知路）
毛巾 vin gīn（面巾）
毛衣 pèng xēi sā（膨纱衫）
毛毯 mōu tàn
毛笔 mōu bi
慢慢摸 zōu gāo sóu（很会摸）
慢 vān
慢走 sun giáng（顺行）
贸易 vou yi
米 vì
米酒 vī jù
米粉 vī hùn
面粉 mī hùn
面线 mi sua
面 mī
面包 pàng（外来语）
面筋 mi tī
抹布 dōu bou（桌布）
命不好 pāi miā（坏命）
麦克风 mā gu hōng（外来语）
木屐 cā già（柴屐）
木头 cā táo（柴头）
木瓜 vou guī
木耳 vou nì
帽子 vōu à
面善 vin xi vin xi（面熟面熟）
面料 bòu liāo（布料）
棉 mí
忙 vōu híng（否闲）
礼品 lēi vū（礼物）
马路 vēi lōu
马马虎虎 hām hàm（泛泛）
马上 mā xiōng
目的地 vou dei dēi
墓地 mou dēi
眉毛 va vái（目眉）
门铃 dian líng（电铃）
芒果 suān à（悬仔）
玫瑰 miū gui
秘书 bì sū
麦 vēi à（麦仔）
麦芽糖 vēi ā gōu（麦仔膏）
美术 vī su
美术馆 vī su guàn
美丽 vī lēi
美元 vī gīn（美金）
美国 vī gou
美女 vī lù
馒头 vān tóu
媒人 mīu láng
妈祖 mā zòu
妈妈 lao vù（老母）
母老虎 hōu bà vù（虎霸母）

码头 vēi táo
满意 muā yi
弥月 muā ei（满月）
勉强 miān giòng
摸 vōng

N

你 lī / lì
你的 lī éi
你们 lìn
你们的 līn éi
哪儿 dōu wi（哪位）
哪一家 dòu ji gīng（哪一间）
难 lán
难怪 vou guai（否怪）
难吃 pāi jia（坏吃）
能；可以；行；会 ei sāi；ēi
能干 gáo
女儿 záo giàng
女婿 giāng sai
女方娘家 ao tāo cu（后头厝）；wa gēi cu（外家厝）
女生 zāo yīn a
女朋友 lū bīng ù
牛肉面 wū và mī
牛排 wū bai
牛奶 wū līng
牛仔裤 wū ā kou
牛车 wū qiā
尿 yōu
尿布 you zū à
奶粉 wū līng hùn（牛奶粉）
奶奶；祖母；外婆；姥姥 ā mà（阿嬷）
奶油 và da（外来语）
奶茶 nī déi
闹钟 luan jīng
内衣 lai sā（内衫）
内裤 lai kou
内科 lai kōu
钮扣 liū a（钮仔）
年 ní
年夜饭 guì nī cai（过年菜）
年轻人 xià lián ēi（少年仔）
年糕 guì（粿）
年龄 nī hui（年岁）
努力 gu la（骨力）
男朋友 lān bīng ù
农民 jìng cán ēi（种田的）
拿 kèi
南瓜 gīn guī（金瓜）
尼姑 nī gōu
脑袋 tāo ka（头壳）
脑子有病 tāo ka pài ki（头壳坏去）
鸟 jiāo a（鸟仔）
孬种 sū là（俗仔）

欧洲 āo jū

P

漂白水 piū bei zuì
漂亮；美 suì
便宜 xiù（俗）/ xiu
怕 giāng（惊）
拍照 hi xiōng
拍片 pà pi
拍戏 pà hi
牌子 bāi zù
跑步；跑 zào（走）
平安 bīng ān
平常 bīng xiōng xí（平常时）
平房 puà cāo cu（破草厝）
贫民窟 ki jia liáo（乞丐寮）
趴着 pa lei
捧场 pāng diú
朋友 bīng ù
普通 pōu tōng
普通话 gou yì（国语）
胖子 dua kōu ēi（大块仔）
胖 dua kōu（大块）
脾脏 bí（脾）
脾气 pī ki
皮包 pēi bāo
皮肤 pēi hū
皮 péi
皮鞋 pēi éi
评理 bīng lì
评审 cāi pua（裁判）
泡茶 pào déi
票 piu
啤酒 vēi ā jù（麦仔酒）；vì lu（外来语）
螃蟹 jīn à
喷 pun
瓶 guàn（罐）
偏执；难说服 lū（橹）
排队 bāi duī
排骨 bāi gu
排球 bāi giú
盘子 buān à
骗 pian
骗人 piàn xiào ei（骗笑仔）
骗吃骗喝 piàn jia piàn jia（骗吃骗吃）
配合 puì ha
配对 sàng zòu duī（送作堆）
赔（东西给某人）buí
赔罪 buī zuī
赔钱；亏本 liào（了）
扑满 dī gōng à（猪公仔）
瀑布 pòu bou
疲倦；倦怠 xiān
葡萄 pōu dóu
苹果 pong gòu（膨果）；lìng gou（外来语）
婆婆 dā gēi
旁边的 bī ā ēi（边仔的）
破费 puà hui
铺（尿布；垫子）zū

Q

去年 gu ní（旧年）
去 ki
取钱 niā jí（领钱）
取消 cū xiāo
取暖 kèi xiū（挤烧）
裙子 gún（裙）
起飞 kī buī
起雾 dà vū（搭雾）
请 qià
请客 qiā lāng kei（请郎客）
请问 qiā vēn
青菜 qēi cai
青春期 dēng dua láng（转大郎）
青春痘 tiāo ā zì
晴天 hōu tī（好天）
求 giú
千 qīng
劝 keng
情调 jīng diāo
气温 kì wēn
气质 kì ji
气魄 kì pi
气球 kì giú
气喘 hēi gū
气愤；扼腕 duī xīn guā（捶心肝）
气死人 kì xī láng（气死郎）
奇奇怪怪 gī gī guài guai
轻松 kīng sāng
前面；前头 tāo jíng（头前）
前后 jīng āo
前天 dīng gāng
勤奋 gu la（骨力）
欺善怕恶 jiāng pāi láng（惊坏人）
欺人太甚 jia lāng gào gao（吃人够够）
强 gióng
妻子 gēi āo（家后）；kān qiù（牵手）
娶老婆 cua vòu
全身 guī xīn kū（整身躯）
全家 zuān gei
全是假的 lōng xi gèi ei（拢是假的）
乞丐 ki jia（乞吃）
清纯 sún（纯）
清楚 qīng còu
清淡（食物）jià
巧克力 kōu kōu a（可可亚）
穷；贫穷 sàn qia（散赤）
穷年 pāi nī dāng（坏年冬）
汽车 kì qiā
汽车旅馆 mōu tēi lu（外来语）
降落 gàng lōu
秋天 qiū tī
切菜 qie cai
切菜板 zào diāng（灶砧）
汽水 kì zuì
亲戚 qīng jiá
亲家 qīng gēi
亲切 qīng qie
签名 qīang miá
签字 qīang yī
铅笔 ēn bi

R

日出 li cu
日本 li bùn
日本料理 li būn liao lì
日月潭 li wa dán
如果 na（若）
染 nì
绕很久 xei zōu gù
热水 xiū zuì（烧水）
热情 lei jíng
热水瓶 lei zuī guan（滚水罐）
热 luà
热闹 lao lèi（闹热）
扔掉 dàn diāo
认识 va；xi sāi
认真 lin jīn
人头 lāng táo（郎头）
人参 līn xīn
人物 līn vu
人缘 lāng én（郎缘）
弱 liu
弱者 và kā（肉脚）
荣民 lao ōu à（老芋仔）
入口 li kào
任性；乖张 diōng（张）
任务 lin vū
忍受 līn xiū
忍不住；受不了dòng vei diáo（挡未着）
肉松 và sōu（肉酥）
肉粽 và zang
然后 liān āo
脑袋 tāo ka（头壳）

S

十五 za gōu
十八 za bei
十二点多 za li diāng wā（十二点外）
十全十美 xi zuán xi vì
十几万 za guī vān
熟悉 xi（熟）
俗气；土 sóng
上海 xiong hài
上下班 xiong ha bān
上电视 jiong dian xī
上台 jiong dái
上班族 xiong bān ēi（上班的）
上船 jiong zún
上厕所 kī bian sòu（去便所）
上班 xiong bān
上次 dīng bài（顶遍）
上气不接下气 pei pei cuàn（频频喘）
上吊 diào dāo
时候 xī zūn（时阵）
时髦 pā
时间 xī gān
时钟 xī jīng
舍不得 m gān（不甘）
睡 kun（困）
睡衣 kùn sā（睡衫）

睡不着 kùn vei ki（困未去）
睡眠不足 vōu vín（否眠）
四点 xì diàng
山上 suā dìng（山顶）
山珍海味 sān dīng hāi vī
书包 sū bāo
书店 sū diang
书 sū；qie（册）
书桌 sū dōu a（书桌仔）
神秘 xīn bi
谁 xiā láng（啥郎）
湿 dán
所以 sōu yì
生肖 xēi xiu
生意 xīng lì
生气 xiu ki
生病 puà bēi（破病）
生（孩子）xēi giàng
生活 xīn wa
生水 qie zuì（青水）
生日 xēi li
生日礼物 xēi li lēi vū
生鱼片 sā xī mi（外来语）
傻 gōng
事儿；事情 dai ji（代志）
素食 sòu xi
塞车 ta qiā
剩 cūn（存）
剩饭 qìng bēn
舒适 sù xī
说 gōng（讲）/ gòng
说话 gōng wēi（讲话）
说谎话 gōng bei ca wēi（讲白贼话）
说明书 suā vīn sū
说故事 gōng gòu（讲古）
酸 sēng
晒 pa
晒太阳 pa lì（晒日）
三十几度 sā za guī dōu
三站地 sā zān（三站）
散步 sàn bōu
硕士 xi sū
伤心 xiōng xīn
暑假 hiù luà（歇热）
司机 wèn jiang（外来语）；sū gī
虽然 suī lián
随便 qìng cài；suī zāi（随在）
随便说说 qīng cāi gōng gòng
随身 suī xīn
顺便 sun suà
顺风 sun hōng
顺路 sun lōu
爽快 sòng（爽）
爽口 suà cui（涮嘴）
四处 xì guì（四过）
色；颜色 xi
试试看 qì kuà māi
试穿 qì qīng
试吃 qì jia
算命 sèng miā
算命师 sèng mia xiān（算命仙）
算了 suà sua qi
省钱 xīng jí
蛇肉 zuā va
水 zuì
水果 zuī gòu

水份 zuī hūn
水管 hò su（外来语）
水晶 zuī jī
水煮蛋 bei lēng（白蛋）
水沟 cào gāo à（臭沟仔）
水管 hòu su（外来语）
水蜜桃 zuī vi tóu
水龙头 zuī liōng táo
杀 tái
杀人 tāi láng（杀郎）
杀价 huà gei（喊价）
寿司 sū xi（外来语）
稍等 xiū dàn
送人 sang lang（送郎）
刷子 lū à（刷仔）；zāng lū a（鬃刷仔）
手提包 kā vàng（外来语）
手续费 qiū xiu hui
手机 qiū gī à（手机仔）
手套 qiū tou
手指 qiū jī tāo à（手指头仔）
手工 qiū gāng
手不灵活 kēi qiù（瘸手）
手帕 qiū gīn à（手巾仔）
手术 qiū su
薯粉 hān jī hùn（蕃薯粉）
瘦 sàn
扫把 sào qiù（扫帚）
少根筋 tōu sua（脱线）
勺子 tēng xī à（汤匙仔）
塑料袋 sou gā dēi à（塑胶袋仔）
沙发 pèng yì（膨椅）
沙哑 sāo xiā（噪嗓）
瘦肉 qià va（赤肉）
双人床 xiāng lāng céng
双层床 xiāng zàn céng
双方 xiōng hōng
双鬓 bìng bī（鬓边）
什么 xiā mī（啥么）
什么东西 xiā mī wā gōu
省电 xīng dian
霜 sēng
收音机 xiū yīn gī
使劲 cū la（出力）
使用 sū yōng
丝瓜 cài guī（菜瓜）
丝绸 xī diú
丝袜 xī ā vèi（丝仔袜）
撒娇 sai nāi
收据 xiū gu
收拾 jīng lì（整理）
神经病；精神病 xīng gīng bēi
算盘 sèng buá
申请 xīn qìng
梳子 luā à
洗衣机 xēi sā gī
市长 qi diù
锁 sòu
扇子 kuī xin（葵扇）
释迦 xi kā
沙拉油 sā lā ú
神明 xīn vín
树林 qiu nā à（树林仔）
树木 qiu vou
失望 xī vong
失眠 xi vín

失业 xi ya
失火 huī xiū（火烧）
失踪 pàng ki；xi zōng
失恋 xi luān
失败 xi bāi
深 qīn
私房钱 sāi kiā
私人 sū lín
食品 xi pìn
鲨鱼 suā hí
舌头 jì（舌）
馊 cào sēng（臭酸）
烧焦 cào huī dā（臭火干）
烧香 xiū hiōng
扫地 sào tōu kā（扫土脚）
扫墓 pui vōng（陪墓）
孙子 sūn à（孙仔）
孙女 zā vōu sūn（查某孙）
孙悟空 sūn vu kōng
叔叔 ā ji（阿叔）
婶婶 ā jìn（阿婶）
商人 xīng lī láng（生意郎）
商量 cān xióng（参详）
身份证 xīn hūn jing
身体 xīn tèi；xīn kū（身躯）
师傅 sāi hū
受凉 guá diu（寒着）
梳头发 lua tāo mōu（梳头毛）
数学 sòu ha
死 guì xīn（过身）
死定了 zāi xì a（知死了）
思念 sū liang
宿舍 sou xia
束腹 sou yōu ēi（束腰的）

T

她；他；它 yī（伊）
她的 yī éi
他们 yīn
他们的 yīn éi
台北 dai ba
台中 dāi diōng
台湾 dāi wán
台菜 dāi cai
台胞 dāi bāo
台商 dāi xiōng
台语 dāi yì
台北人 dai ba láng（台北郎）
台风 hōng tāi（风台）
谈恋爱 dān luān ai
谈判 dān pua
谈情说爱 dān qíng sua ai
谈天；聊天 kāi gàng（开讲）
贪污 ēi jí（推钱）
弹琴 duā gín
吐 tou
天灾 tī zāi
天生的 bei vù xēi xíng ē（父母生成的）
天气 tī qi
天桥 tiān giú
天主教 tī zū gao
天然 tiān lián
天花板 cù dìng（厝顶）
天涯海角 tiān biān hāi ga（天边海角）
天亮 tī gēng（天光）

烫头发 dian tāo mōu（电头毛）
停电 xi dian（失电）
停车 tīng qiā
停车位 tīng qiā wī
停车场 tīng qiā diú
投资 dāo zū
条 diáo
条件 diāo giāng
拖走 tuā zào
拖鞋 qiān tuā
脱皮 liù péi（溜皮）
脱水 tua zuì
痛 tiang
痛苦 tòng kòu
躺下来 dòu lou lai（躺落来）
通知 tōng dī
通风报信的人 bòu vēi a（报马仔）
同学 dōng ou
同事 dōng sū
同居 dōng gū
听 tiāng
听说 tiāng gōng（听讲）
听力很好 hī à zōu lāi（耳朵很利）
听不懂 tiāng vóu（听否）
听懂 tiāng wū（听有）
听到 tiāng diu
太阳 li táo（日头）
太烫 xiū xiū（稍烧）
太油腻 xiū ú（稍油）
糖果 tēng à（糖仔）
糖葫芦 lī ā qiān（李仔签）
汤 tēng
汤圆 yí à（圆仔）
汤头 tēng táo
讨厌 tōu ya
甜 dī
淌浑水 liáo lou ki（潦落去）
跳舞 tiào vù
挺 bū jiā
弹簧床 pèng céng（膨床）
台灯 dāi dīng
逃学 dōu ha
逃亡 zāo lōu（跑路）
调整 diāo jìng
套话 lào wēi（漏话）
套装 tào zōng
套房 tòu báng
退房 tèi báng
退票 tèi piu
挑剔 gū mōu（龟毛）
挑选 gìng（拣）
头 táo
头晕目眩 táo hín va an（头晕目暗）
投币 lou jí（落钱）
投机 dāo gī
团圆 tuān yí
透露；漏口风 lào hōng（漏风）
土豆 vēi līng jí（马铃薯）
土产 tōu sàn
土匪 tōu huì；huī rī（匪类）
兔子 tōu a（兔仔）
桃子 tóu à（桃仔）
茼蒿 dāng ōu
讨论 tōu lun
特别 dei bei
提早 tei zà

体温 tēi wēn
体育馆 tēi you guàn
填写 tiān xià
贴 da（搭）
铁路 tī lōu
托儿所 tou li sòu
童养媳 xīn bū à（新妇仔）
驼背 kiāo gū
题目 dēi vou
腿软 lēng kā（软脚）
偷东西 tāo tei（偷拿）
偷步 tāo jia bōu（偷吃步）

U · V · W

我 wā
我的 wā éi
我们 lān（咱）
我们的 lān éi（咱的）
我们家；我家 wēn dāo
玩；游玩；旅行 qi tóu
玩股票 sēng gōu piu
玩 sèng
为什么 wi xiā mì
问 vēn
问题 ven déi
问路 ven lōu
问什么问 ven xiā hiáo（问啥晓）
弯弯曲曲 wān wān kiāo kiāo
完全 wān zuán
完蛋 kì liāo liào a（去了了）
完成 wān xíng
晚上 àn xí（暗时）
晚饭 àn deng（暗顿）
晚睡 àn kun（暗困）
晚起床 wà ki lai（晚起来）
晚安 wān ān
万 vān
位子 wī（位）
外面 wa kào
外国 wa gou
外国人 wa gou láng（外国郎）
外国片 wa gou pi
外地人 wa xīng láng（外省郎）
外币 wa gou jí（外国钱）
外甥女 wa xīng lù
外甥 wa xīng
外孙 wa sūn
外孙女 wa zā vōu sūn à
碗 wà
无聊 vōu liáo
无情 vōu jíng（否情）
无论 vōu lun
无奈 vōu lāi
温泉 wēn zuá
温度 wēn dōu
温水 wēn zuì
卫生纸 wei xīng zuà
卫生巾 wei xīng mí（卫生棉）
文化 vūn hua
文章 vūn jiōng
味精 vi sou（味素）
微波炉 wī pōu lú
蚊香 mā ā hūn（蚊仔熏）
蚊子 mā a

五花肉 sān zān va（三层肉）
威风 hiāo bāi（摇摆）
围巾 am gūn（颔巾）
袜子 vēi à（袜仔）
卧底；吃里扒外 liào bēi à（抓扒仔）
妄想 xiào xiū
胃 wī
乌龙茶 ōu liōng déi
危险 wī hiàn
尾巴 vèi（尾）
委托 wī tou
雾 vū
胃口 wi kào
维生素 vi da vìn（外来语）
误会 gou huī
忘记 vei gi（未记）
未成年 ù kì（幼齿）
挽歌 kào diāo à（哭调仔）

谢谢 dōu xiā（多谢）
鞋子 ēi à（鞋仔）
鞋柜 ēi dū à（鞋橱仔）
鞋带 ēi dua
先 xīn
先走一步 xīn lāi zào（先来走）
先生 xiān xī
想；想要 xiu vēi
想不通；想不懂 xiu vóu（想否）
想想看；想一想 xiu kuà māi
想不到 xiu vei gao（想未到）

休息 hiù kun（休困）
喜欢 ai（爱）；gà yi
喜酒 hī jù
学 ou
学生 ha xīng
学校 ha hāo
学做菜 ou zū jia（学煮吃）
相片 xiòng pi
声音 xiā yīn
写 xià
信 pēi（批）
信封 pēi ka（批壳）
像 xíng（形）
习惯 xi guan
星期 lēi bài（礼拜）
星期六 bài la（拜六）
小 xèi（细）
小腿 xiū tuì
小偷 ca là（贼仔）
小兔崽子 xī yīn a（死囡仔）
小姐 xiū jià
小心 xèi yī（细意）
小菜 xiū cai
小时候 xèi han（细汉）
小说 xiū sua
小产 lào tēi（落胎）
洗 xēi / xèi
洗肾 xēi yōu jì（洗腰子）
洗米 xēi vì
洗碗 xēi wà
洗一洗 xēi xèi ēi（洗洗的）
洗衣粉 xēi sā hùn（洗衫粉）
洗澡 xēi xīn kū（洗身躯）

洗衣机 xēi sā gī（洗衫机）
洗脸 xēi vin（洗面）
仙草 xiān cào
下雪 lou xei（落雪）
下午 ēi bōu
下班 ha bān
下次 ao bài（后遍）
下来 lòu lai（落来）
下面的 ei kā ēi（下脚的）
下雨 lou hōu（落雨）
下山 lou suā（落山）
下车 lou qiā（落车）
下船 lou zún（落船）
笑话 qiù kuī（笑亏）
笑眯眯 qiù vī vī
相信 xiōng xin
选美 suān vì
选择 suān di
选举 suān gù
印象 yìn xiòng
凶手 hiōng qiù
凶 pài（坏）
凶巴巴 qià bēi béi
夏天 lua tī（热天）
羡慕 hīn xiān
现金 hian gīn
现在 jīn mài
现场 hian diú
县 guān
咸 gián
咸鸭蛋 giān à lēng（咸鸭卵）
西门町 xēi vēn dīng
巷子口 hāng ā kào

巷子里 hāng ā lai（巷仔里）
行李 hīng lì
新闻 xīn vén
新鲜 qī（青）
新郎 xīn lóng
新娘 xīn niú
新手 cài jiāo a（菜鸟仔）
新年 xīn ní
新衣 xīn sā（新衫）
虾子 hēi à
虾仁 hēi lín
虾米 hēi vì
兴趣 hìng cu
吓 hèi giāng（吓惊）
香 pāng（芳）
香肠 ēn qiáng（腌肠）
香瓜 pāng guī（芳瓜）
香菇 hiōng gōu
香港 hiōng gàng
香港人 hiōng gāng láng（香港郎）
香蕉 gīn jīu（根蕉）
香菜 yān suī（芫荽）
香水 pāng zuì（芳水）
幸福 hing hou
辛苦 xīn kòu
细致 ù mī mī（幼绵绵）
闲话 yīng ā wēi（闲仔话）
协商 qiáo
橡皮筋 qiu līng（树奶）
靴子 hiā gòng（靴管）
项链 pua liān（披链）
瞎子 qie méi（青瞑）
吸烟 jia hūn（吃烟）

胸围 hīng wí
胸罩 nī pēi a（奶被仔）
西装 xēi zōng
西兰花 cài huī（菜花）
闲扯 lā lēi
孝顺 ū hao（友孝）
潇洒 piāo pei（漂泊）
细腿 jiāo ā kā（鸟仔脚）
乡下人 zēng kā láng（庄脚郎）
膝盖 kā tāo ū（脚头窝）
泄气 lào kui（漏气）
肖鼠 xiù qì
心脏 xīn zōng
心情 ki mōu ji（外来语）
牺牲 hī xīng
溪水；河水；江水 kēi ā zuì（溪仔水）
性侵 giōng gān（强奸）
西瓜 xī guī
番茄 tou mā dou（外来语）
西餐 xēi cān
西药 xēi yòu
杏仁 hing lín
媳妇 xīn bū（新妇）
象牙 qiu éi
希望 hī vāng
详细 xiong xei
校长 hao diù
姓名 xèi miá
需要 sū yao
线 sua

Y

要 ai（爱）；vei
要……吗？vèi……vou（要……否？）
一个月 ji gōu èi
一个人 ji lēi láng（一个郎）
一大早 tào zà（透早）
一本 ji bùn
一般 yī buā
一些 ji guā
一朵花 ji nuī huī
一岁；周岁 dou je（度齐）
一口 ji cui（一嘴）
一样 gang kuàn（同款）
一肚子火 guī ba huì（整腹火）
一餐 ji dèng bēn（一顿饭）
一声 ji xiā
一百 ji ba
一千块 ji qīng kōu
一万元 ji vān kōu（一万块）
一直 yī di
一双 ji xiāng
一个 ji léi
一天 ji gāng
一点点 ji diang diang a（一点点仔）
有点 wu ji diāng diāng a（有一点点仔）
衣服 sā à（衫仔）
衣橱 yī dú
衣架 sā ā gīng（衫肩）
夜市 ya cī à（夜市仔）

夜猫子 àn gōng jiào（暗光鸟）
夜景 ya gìng
夜店 ya dian
夜宵 xiāo yā（宵夜）
也 ma
有 wū
有钱人 hōu ya láng
有名 wu miá
有一点儿 wu ji diāng à
有头有脸 wu táo wu vīn（有头有面）
有效 wu hāo
晕 hín
晕车 hīn qiā
晕倒 hun dòu
云海 hūn hài
云 hún
英语 yīng vén（英文）
因为 yīn wi
银行 yīn háng
尤其 ū gí
邮局 ū giu
邮票 ū piu
邮差 ū cāi
婴儿 ù yīn ā（幼囡仔）
摇 yóu
已经 yī ging
淹水 yīn zuì
鱼 yī à（鱼仔）
鱼头 yī táo
鱼翅 yī qi
渔夫 tōu hài ei（讨海的）
渔市 yī qi
渔港 yī gàng
腰带 yōu dua
演 yàn
演戏 yān hi
元 kōu（块）
严重 yāng diōng
姻缘 yīn én
意思 yì su
腰酸背痛 yōu sēng bei tia
原来 wān lái
原谅 wān liōng
雨伞 hou sua
雨鞋 hou éi
雨衣 hou muā
越来越大 lū lái lū duā
油 ú
油条 ū diáo
赢 yá
遇到 dù diu（堵到）
远 hēng
预订 zù vún（注文）
用 yōng；yīng
用的 yīng ēi
用功 yong gōng
饮料 yīn liāo
右边 jià bíng（正边）
右拐 jià wa（右斡）
艺人 ēn ēi（演艺）
艺术 ei su
养 qī
养狗 qi gào
养猫 qi niāo
以前 yī jíng

拥挤 kei（挤）
约会 yōu huī
医生 yī xīng；xiān xī（先生）
医院 bei yīn（病院）
医术 yī su
研究 yān giu
游泳 ū yìng
游泳池 ū yīng dí
业务 ya vū
眼泪 va sài（目屎）
眼睛 va jū（目珠）
眼镜 va giang（目镜）
牙膏 kī gōu（齿膏）
牙刷 kī vìn（齿抿）
牙签 kī tou（齿托）
阳台 yōu dái
薏仁 yì lín
运送 sang（送）
运费 wen hui
运动鞋 wen dong éi
羞愧 giàn xiao（见笑）
音响 yīn hiòng
音乐 yīn a
音乐家 yīn a gā
压按 qī
哑巴 ēi gào（哑狗）
颜色 xī zuì（色水）
月亮 ei niú（月娘）
月饼 ei bià
月初 ei táo（月头）
月底 ei vèi（月尾）
月经 ei gīng
亚洲 à jū
英俊 ēn dáo（缘投）
压力 a li
药 yōu à（药仔）
药丸 you wán
药粉 you hùn
药水 you zuì
药方 you hēng
药房 you báng
药剂师 you jè sū
幽郁；抑郁 wu zu（郁卒）
样品 sān bū lu（外来语）
癌症 gāng jing
钥匙 sōu xí（锁匙）
芋头 ōu à（芋仔）
椰子 ya jì
玉 you
玉米 huān vēi（番麦）
远视 wān xī
银楼 yīn láo
严寒 dua guá（大寒）
游乐区 ū lou kū
遗书 yī sū
羊 yóun
杨桃 yōun tóu
洋葱 cāng táo（葱头）
樱桃 yīng tóu
柚子 ū à（柚仔）
腌 xī
员工 wān gāng
岳父 diu láng（丈郎）
岳母 diu m（丈母）
姨丈 yī diū
浴室 hū lou（外来语）

押金 ā gīn
邀请 yāo qià
椅子 yī a（椅仔）
迎接 yīng jia
游览 ū làn
圆珠笔 wān zū bi（原子笔）
洋娃娃 nī you（外来语）
夜生活 ya xīng wà

Z

再；又；还 gōu；ā gōu
再去 jia ki（接去）
再见 zài gen
再会 zài huī
正在 dī ēi
在 dī
在一起 zòu huì（作伙）
做 zou
做梦；发梦 vīn vāng（眠梦）
做美容 zòu vīn（做脸）
做月子 zòu ei lāi（做月内）
作怪 bì gāo lāng（变猴郎）
坐起来 jē ki lai
坐 jē
坐牢 je gā
这 jē
这儿 jiā
这部车 ji dāi qiā（这台车）
这家店 ji gīng diang（这间店）
这么 jiā ni；ān nēi
怎么这么 nài jiā nī
怎么那么 nài hiā ni
怎么会这样 nài ei ān nēi
怎么办 vēi ān zuà（要怎样）
最 xiong（尚）
最低 xiong gēi（尚低）
最高 xiong guán（尚高）
最好 xiong hòu（尚好）
最先 xiong dai xīn
最近 zuì gīn
最后一名 xiong vēi āo ji miá（最尾后一名）
最后几名 diào qiā vèi（吊车尾）
最火；最流行 xiong hāng（尚夯）
重感情 bua gān jíng（搏感情）
只有 gān nā
照相 hi xiōng
照相机 hi xiòng gī
站 kiā
总共 lōng zòng（拢总）
种类 kuàn（款）
自杀 zu sa
自己 gā gī
自信 zu xin
自来水 zuī dou zuì（水道水）
自行车 kā da qiā（脚踏车）
自动 zu dōng
真 jīn
真的 jīn ēi
真会；真行 zīn gáo
真的很 jīn jià zōu（真正很）
真棒 zàn（赞）
真糟糕 zōu hāi ēi（很害的）
桌子 dōu à（桌仔）

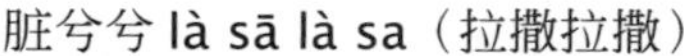

脏兮兮 là sā là sa（拉撒拉撒）
准备 zūn bī
准时 zūn xí
昨天 záng
知道 zāi（知）；zāi yàng（知影）
找 cuī
找不到 cui vóu（找否）
找钱 zao jí
增加 gēi（加）
中风 diòng hōng
中南部 diōng lān bōu
中 diōng
中国 diōng gou
中药 diōng yōu
中奖 diu jiòng（到奖）
中邪 ka diu yīn（卡到阴）
中暑 diu suā（到痧）
中饭 diōng dào bēng
中途 buà lōu（半路）
中秋节 diōng qiū je
中转 wa qiā（换车）
中间 diōng gān
中央 diōng yōng
装修 zōng hóng（装潢）
走 giáng（行）
走路 giāng lōu（行路）
走不动 giāng vei dīng dāng（行未定动）
走过头 giāng guì táo（行过头）
走走看看 giāng giáng kuà kua（行行看看）
走运 zuān wēn（转运）
抓；捉 lia
抓一抓 lia lià ei
载不完 zài vei liào（载未了）
招待 jiāo tāi
涨价 kī gei（起价）
赚 tan
攒钱 tàn jí
醉酒；喝高 zuì vōng vóng（醉茫茫）
长大 dua han（大汉）
祖先 zōu xiān
祖母；姥姥；奶奶 a mà（阿嬷）
祖父；姥爷；爷爷 a gōng（阿公）
支援 jī qí
钻戒 suan jiù（钻石）
着急 diu gi
整晚 guī an
整型 jīng lióng（整容）
左边 dòu bíng（倒边）
左拐 dòu wa（左斡）
煮 zū
煮开水 hiāng zuì
准 zùn
追 duī
竹竿 dī gōu（竹篙）
钟头 diāng jīng（点钟）
枕头 jīng táo
证件 jìng giāng
嘴 cui
猪 dī
猪脚 dī kā
猪八戒 dī ba gai
装疯卖傻 zēng xiào ei（装笑的）
糟糕 hāi ā（害了）

窒息 vei cuān kui（未喘气）
丈夫 āng sai（翁婿）
子弹 qìng jì（枪子）
子孙 giāng sūn
子宫 zū gōng
制服 jè hou
摘花 mān huī
正宗；道地 jià gàng（正港）
正常 jìng xióng
杂志 za ji
桩脚；梁柱下 tiāo ā kā（柱仔脚）
仔细 jīn jiu（斟酌）
转角；转弯 wa ga（斡角）
站牌 qiā bāi à（车牌仔）
止痛药 jī tià yōu à（止痛药仔）
指甲 jīng ga
指甲刀 gā jīng ga ēi（剪指甲的）
注册 zù qie
粘 lián（黏）
竹笋 di sùn
植物人 di wu lin
植物 di vu
直升机 di xīn gī
仲介 kān gāo à（牵狗仔）
蛀牙 jù kì（蛀齿）
珍珠 jīn zū
枣子 zōu a（枣仔）
炸 ji
蒸 cuī（炊）
粥；稀饭 véi（糜）
早点 kā zà（较早）
早上 zā kì（早起）
早饭 zā deng（早顿）
早安 gāo zào
职业 jī ya
紫色 jī xi
政治 jìng dī
政府 jìng hù
支票 jī piu
周转 jū zuàn
主任 zū līn
主席 zū xi
妯娌 dang sāi
针 jiāng
赞成 zàn xíng
纸 zuà
纸袋 zuā lōu a（纸落仔）

数字

零 líng
一 jī
二 lēng
三 sā
四 xi
五 gōu
六 lā
七 qi
八 bei
九 gào
十 za
十一 za yi
十二 za lī
十三 za sā
十四 za xi

十五 za gōu
十六 za la
十七 za qi
十八 za bei
十九 za gào
二十 li za
二十一 li za yi
三十 sā za
四十 xì za
五十 gou za
六十 la za
七十 qi za
八十 bèi za
九十 gāo za
一百 ji ba
一百九十三 ji ba gāo za sā
二千 leng qīng
三万 sā vān
四十万 xì za wān
五百万 gou bà vān
六千万 la qīng vān
七亿 qi yi

星期

星期一 bài yi（拜一）
星期二 bài lī（拜二）
星期三 bài sā（拜三）
星期四 bài xi（拜四）
星期五 bài gōu（拜五）
星期六 bài la（拜六）
星期日 bài li（拜日）

时间

一点 ji diàng
两点半 leng diāng bua
三点十五分 sā diàng za gou hūn
四点二十八分 xì diàng li za bèi hūn

學習新知類　PD0007

漢語拼音學台語（簡體字版）

作　　者 / 梁庭嘉
責任編輯 / 林泰宏
圖文排版 / 賴英珍
封面設計 / 蕭玉蘋

發 行 人 / 宋政坤
法律顧問 / 毛國樑　律師
出版發行 / 秀威資訊科技股份有限公司
114台北市內湖區瑞光路76巷65號1樓
電話：+886-2-2796-3638　傳真：+886-2-2796-1377
http://www.showwe.com.tw
劃撥帳號 / 19563868　戶名：秀威資訊科技股份有限公司
讀者服務信箱：service@showwe.com.tw
展售門市 / 國家書店（松江門市）
104台北市中山區松江路209號1樓
電話：+886-2-2518-0207　傳真：+886-2-2518-0778
網路訂購 / 秀威網路書店：http://www.bodbooks.com.tw
國家網路書店：http://www.govbooks.com.tw

2011年2月BOD一版
定價：280元

國家圖書館出版品預行編目

漢語拼音學台語 / 梁庭嘉著. -- 一版. -- 臺北市 :
秀威資訊科技, 2011.02
面； 公分. --（學習新知類 ; PD0007）
BOD版
簡體字版
ISBN 978-986-221-688-0（平裝附光碟片）

1. 臺語 2. 漢語拼音 3. 讀本

803.38 99024414

讀者回函卡

感謝您購買本書，為提升服務品質，請填妥以下資料，將讀者回函卡直接寄回或傳真本公司，收到您的寶貴意見後，我們會收藏記錄及檢討，謝謝！如您需要了解本公司最新出版書目、購書優惠或企劃活動，歡迎您上網查詢或下載相關資料：http:// www.showwe.com.tw

您購買的書名：______________________________

出生日期：________年________月________日

學歷：□高中（含）以下　□大專　□研究所（含）以上

職業：□製造業　□金融業　□資訊業　□軍警　□傳播業　□自由業
　　　□服務業　□公務員　□教職　□學生　□家管　□其它____

購書地點：□網路書店　□實體書店　□書展　□郵購　□贈閱　□其他

您從何得知本書的消息？

□網路書店　□實體書店　□網路搜尋　□電子報　□書訊　□雜誌
□傳播媒體　□親友推薦　□網站推薦　□部落格　□其他________

您對本書的評價：（請填代號　1.非常滿意　2.滿意　3.尚可　4.再改進）

封面設計____　版面編排____　內容____　文／譯筆____　價格____

讀完書後您覺得：

□很有收穫　□有收穫　□收穫不多　□沒收穫

對我們的建議：______________________________

____

____

____

請貼
郵票

11466
台北市内湖區瑞光路 76 巷 65 號 1 樓

秀威資訊科技股份有限公司 收

BOD 數位出版事業部

....

（請沿線對折寄回，謝謝！）

姓　名：＿＿＿＿＿＿＿＿　年齡：＿＿＿＿　性別：□女　□男

郵遞區號：□□□□□

地　址：＿＿＿＿＿＿＿＿＿＿＿＿＿＿＿＿＿＿

聯絡電話：(日)＿＿＿＿＿＿＿＿ (夜)＿＿＿＿＿＿＿＿

E-mail：＿＿＿＿＿＿＿＿＿＿＿＿＿＿＿＿＿＿